할아버지의
선물

아이들에게 전하는 오래된 삶의 지혜
할아버지의 선물

처음 펴낸 날 | 2016년 6월 20일
두 번째 펴낸 날 | 2017년 1월 17일

지은이 | 이영우
그린이 | 조주희

주간 | 조인숙
편집부장 | 박지웅
편집 | 무하유
펴낸이 | 홍현숙
펴낸곳 | 도서출판 호미
등록 | 1997년 6월 13일(제1-1454호)
주소 | 서울시 서대문구 성산로 312 북산빌딩 1층
편집 | 02-332-5084
영업 | 02-322-1845
팩스 | 02-322-1846
전자우편 | homipub@hanmail.net

디자인 | (주)끄레 어소시에이츠

제작 | 수이북스
ISBN 978-89-97322-27-5 03810
값 | 14,000원

이 도서의 국립중앙도서관 출판예정도서목록(CIP)은
서지정보유통지원시스템 홈페이지(http://seoji.nl.go.kr)와
국가자료공동목록시스템(http://www.nl.go.kr/kolisnet)에서
이용하실 수 있습니다.(CIP제어번호: CIP2016014604)

호미 생명을 섬깁니다. 마음밭을 일굽니다.

아이들에게 전하는 오래된 삶의 지혜

할아버지의 선물

이영우 지음

호미

태희, 재희, 미아, 엘리나, 카이아에게

"고슴도치도 제 새끼가 제일 곱다고 한다"는 옛 속담처럼 부모의 자녀 사랑은 무조건적이다. 할아버지가 손주를 사랑하는 마음도 별반 다를 바가 없다. 손주들은 나에게 특별한 기쁨이고 자랑거리다. 사랑스러운 손주들을 보고 있으면 가슴 한가득 뿌듯함이 밀려온다. 마찬가지로 손주 또래의 다른 아이들도 버금가게 사랑스럽다. 공원에서 골목에서 햇살 담뿍 받으며 웃고 뛰노는 모습들을 보고 있노라면 절로 웃음짓게 된다.

그러나 내 손주들을 포함해 아이들을 보고 있자면 마냥 즐겁고 행복하기만 한 게 아니라, 막연한 책임감과 걱정이 덜미를 잡기도 한다. 모두 바르게 잘 커야 할 텐데, 어려움이 닥쳐도 슬기롭게 용기 있게 헤쳐 나가야 할 텐데 하는 노파심이 일어서다. 그런 마음이 멀리 떨어져 사는 손주들에게 이메일로 격언과 속담을 매주 하나씩 적어 보내게 했고, 그것을 묶어서 이 책을 만들었다.

나는 이제 곧 여든 살이 되지만 평소에는 늙었다는 생각을 하지 않는 편이다. 그러다 손주들을 만나면 비로소 내 나이를 의식하게 된다. 손주들은 해가 갈수록 몸이 커지고 키가 자라는 데 반해 내 몸집은 점점 더 작아지는 것을 느낀다. 그렇다고 해서 내 늙음이 서글프기보다는, 엄마 품에 안겨 있던 아기들이 어느새 훌쩍 자란 것이 그저 대견하고 고마울 뿐이다. 좀 더 늙은 할아버지가 되어서 손주들을 올려다보게 될 날이 기다려진다.

그런데 몸이 성장하는 것은 눈으로 볼 수 있지만 정서적이고 정신적인 성숙은 가늠하기가 어렵다. 어린 시절은 무엇이든지 쏙쏙 빨아들이는 때여서, 도덕관이 서고 습관이 자리를 잡고 인격을 형성하고 좋은 가르침을 마음에 새기는 시기이다. 어린 시절에 기초를 잘 닦으면 밝은 미래가 기다리는 법, 여느 할아버지와 마찬가지로, 나는 종종 손주들이 훌륭하게 성장하는 데에 어떤 도움을 줄 수 있을지 생각한다. 그러나 멀리 떨어져 살면서 내가 어떻게 손주들의 삶에 도움이나 영향을 줄 수 있을까?

다섯 해쯤 전, 어느 날 아내와 여느 때처럼 손주들에 대해 이야기하고 있었다. 그러다가 멀리 떨어져 사는 손주들에게 우리의 생각을 전달할 수 있으면 좋겠다는 이야기를 하던 끝에, 우리가 평생을 살면서 배운 교훈과 인생의 길잡이가 되어 준 금언들을 손자들에게 소개하기로 마음먹었다. 그리하여 일주일에 한 번씩 이메일로 간결하면서 함축적인 격언을 보내기로 했다.

2011년 10월 22일에 첫째와 둘째 손주에게 첫 격언을 보내고, 아이들의 답장에 용기를 얻어 매주 하나씩 꼬박꼬박 보내기 시작한 것이 지금까지 이어져 왔다. 더 어린 손주들은 나중에 글을 읽을 수 있게 되고 이메일 주소를 갖게 되면서 합류했다. 이메일을 받아 보는 손주가 이제 다섯 명으로 늘었다. 이 일을 시작한 지 이제 4년 반이 되었는데 처음에 생각했던 것보다 더 큰 보람을 느낀다. 글을 갓 배운 어린 손주가 두어 마디 서툰 글로 꼬박꼬박 답장을 보내오는가 하면, 고등

학교에 들어간 큰 손주는 내가 보낸 격언을 가지고 에세이를 써서 크게 칭찬을 들었다고도 했다. 손주들이 어쩌다가 지나가는 말로 속담을 말하는 것을 들으면 나도 모르게 흐뭇한 웃음이 얼굴 가득 퍼진다.

처음에는 책으로 펴낼 생각이 없었다. 그런데 어느 날 아내가 이 글들을 엮어서 책으로 내 보는 것이 어떠냐고 제안했다. 손주들에게 오랫동안 기억할 만한 선물이 될 것이라고 했다. 처음에 망설였지만, 책으로 엮어 냄으로써, 그동안 손주들에게 보내던 내 소박한 정성과 마음을 세상의 다른 아이들과 함께 나눌 수 있다면 그보다 더 좋은 일도 없겠다 싶었다. 인류는 지식과 부와 문화를 대대로 전하면서 역사를 발전시켜 왔다. 그런 역사의 도도한 흐름에서 아주 작디작은 시냇물이라도 될까마는, 나 또한 앞서간 사람들이 남긴 지혜를 모은 이 조그마한 책을 어린 친구들에게 선물할 수 있게 되어서 여간 행복하지 않다.

이 책에서 소개하는 짧은 격언들은 서로 다른 시기, 다른 공간에 살았던 각계각층의 사람들이 한 말들이다. 역사가 남긴 지혜의 보고 가운데에서 내 마음에 와 닿고 어린아이들에게 좋은 가르침이 되겠다고 생각되는 것들을 선택했다. 이 격언과 속담들은 우리의 삶에 지침이 되는 진리와, 실용적인 경험과 상식에 기초한 유익한 생각들을 재치 있게 전달하고 있다. 나 자신이 그랬듯이, 다른 어린 독자들도 이 지혜의 금언에서 도움을 받을 수 있기를 바란다.

언제나 지원을 아끼지 않는 아내에게 마음에서 우러나는 감사와 사랑을 전한다. 또 친절한 조언으로 큰 도움을 주신 이종선 선배님과, 이 책이 나오기까지 수고해 준 도서출판 호미 식구들에게 감사를 드린다.

마지막으로 이 책이 나올 수 있도록 영감을 주었을 뿐 아니라 할아버지가 매주 보내는 글을 읽어 주는 태희, 미아, 엘리나, 카이아, 재희에게 고마움을 전한다.

2016년 6월

"머리는 은발銀髮이고, 마음속에 금金을 간직하고" 살면서
이 세상의 모든 손주들을 사랑하고 염려하는 할아버지가 씀.

차례

44 실패는 성공의 어머니다.

45 실천이 말보다 낫다.

46 말보다 행동이 중요하다.

47 천재를 만드는 것은 1퍼센트의 영감과 99퍼센트의 땀이다.

48 벽에도 귀가 있다.

49 피는 물보다 진하다.

51 날마다 사과 한 알을 먹으면 병원에 갈 일이 없다.

52 고통 없이 얻을 수 있는 것은 없다.

54 1원을 아끼는 것은 곧 1원을 버는 것이다.

55 화가 났을 때에는 어떤 결정도 내리지 마라.

56 남에게서 대접받고자 하는 대로 너희도 남을 대접하라.

57 시간은 쏜살같이 흐른다.

59 끼리끼리 모인다.

60 아침 일찍 포도밭으로 나가

61 노력해 보지도 않고 불가능하다고 한다.

62 위대한 일을 이룬 사람들은 모두 위대한 꿈을 가진 이들이었다.

63 신이 우리가 감당하기 벅찬 큰 꿈을 주는 것은

64 나뭇잎마다 꽃처럼 물드는 가을은 두 번째 봄이다.

65 느려도 꾸준하면 경주에서 이긴다.

67 소리를 지른다고 되는 일은 없다.

68 만일 내가 연습을 하루 쉬면 내가 그것을 알고

69 거짓말쟁이는 진실을 말해도 사람들이 믿어 주지 않는다.

70 내 인품이 곧 내 운명이다.

71 우리는 많은 혜택 속에 살면서도 그것을 깨닫지 못할 때가 많다.

72 아름다운 눈을 갖고 싶으면 다른 사람들에게서 좋은 면을 보라.

73 감사하는 마음은 가장 위대한 덕목

74 고마움을 느끼면서 표현하지 않는 것은

75 말하기 전에, 잘 들어라. 글 쓰기 전에, 생각하라.

76 건강한 신체에 건강한 정신이 깃든다.

78 과거에 어떤 일이 있었든, 가장 멋진 일은 아직 오지 않았다.

79 더욱 행복하리라 속삭이며, 희망이 새해 문턱에서 웃음 짓는다.

80 다른 사람에게 선행을 베풀면 반드시 자신에게 돌아온다.

82 빈 자루는 똑바로 서지 못한다.

83 지나치게 욕심부리는 것은 현명하지 못하다.

84 "모른다"거나 "미안하다"고 말하는 것을 두려워하지 마라.

85 마음 먹은 일들을 모두 이루기를. 모든 일이 뜻한 대로 이루어지기를.

86 욕심을 지나치게 부리면 아무것도 얻지 못한다.

87 절약이 연금보다 낫다.

88 오늘보다 더 나은 내일을 위해 노력해라.

89 낭비하지 않으면 부족함이 없다.

90 행복한 가정은 지상의 천국이다.

92 긍정적인 마음이 행복과 기쁨과 건강과 좋은 결과를 부른다.

94 언제나 햇빛을 향해 서라. 그러면 그림자는 네 등 뒤에 떨어질 것이다.

95 불가능이란 바보들의 사전에만 나오는 낱말이다.

97 봄은 가장 좋은 시절. 오월에는 무엇이든 이룰 수 있다.

98 끊임없이 떨어지는 물방울에 바위가 패인다.

99 날마다 웃으면서 아침을 맞아라.

100 반복적인 행위가 우리 자신을 만든다.

101 처음에는 사람이 습관을 만들지만, 나중에는 습관이 사람을 만든다.

102 건강한 몸은 마음만 먹는다고 얻을 수 있는 것도 아니고

103 진정한 즐거움은 정신 활동과 신체 운동을 함께할 때 가능하다.

104 가족의 사랑은 인생의 가장 큰 축복이다.

105 오늘 할 수 있는 일을 내일로 미루지 마라.

106 책은 조용하고 변함이 없는 벗

107 아이의 세상을 넓혀 주는 방법

109 교육의 목적은 젊은이들로 하여금 평생토록 스스로 배울 힘을

110 사회에서 만나는 많은 사람은 모두가 중요한 사람들이다.

111 모든 장애는 우리가 처한 상황을 개선할 기회를 준다.

113 공부의 최종 목표는 사회에 도움이 되는 훌륭한 시민이 되는 것이다.

114 성공하기 위해서는 그 무엇보다 굳은 의지가 중요하다.

115 가을이다. 나뭇잎은 물들고, 산들바람은 상쾌하구나.

116 스스로 배우는 것이 내가 아는 유일한 교육이다.

117 중요한 것은 속도보다 방향이다.

118 한 번에 많은 것을 하려고 들지 마라.

119 천국이란 도서관 같은 곳이리라고, 나는 늘 상상했다.

120 평범한 선생님은 말을 해 주고, 좋은 선생님은 설명을 해 주고

121 습관보다 강한 것은 없다.

122 믿음, 존중심, 책임감, 공정성, 배려, 시민정신

125 언제나 아침이 온다.

126 성실함은 행운의 어머니다.

127 새해 목표를 세우자.

129 새해 첫날은 우리 모두의 생일이다.

130 기회는 준비된 사람에게 찾아온다.

131 성공의 가장 중요한 열쇠는 자신감

132 홈런은 운 좋은 선수가 아니라 준비된 선수만이 칠 수 있다.

134 매일 아침은 신선한 시작, 날마다 새로운 세상과 마주한다.

135 정말 중요한 것은 작고 세세한 것들이다.

137 평범함과 위대함의 차이는 아주 작은 것에 주의를 기울이는 것에서

138 재빠르게 움직이되, 서두르지는 마라.

139 사람은 생각대로 된다.

140 긍정적인 생각은 당신을 산꼭대기까지 실어다 줄 힘찬 엔진

141 나는 실수를 교훈으로 삼을 뿐 결코 후회하지 않는다.

142 멈추지만 않는다면 천천히 가도 괜찮다.

144 관광객이 아니라 여행자가 돼라.

145 도전을 받아들여라. 그러면 승리의 즐거움을 맛볼 것이다.

147 좋은 습관을 제2의 천성이 되게 하라.

148 아는 것만으로는 충분하지 않다. 활용할 줄 알아야 한다.

149 부드러운 설득이 무력보다 더 힘이 세다.

150 누가 시작하는지는 중요하지 않다. 누가 끝내느냐가 중요하다.

151 긍정적으로 생각하는 사람은 보이지 않는 것을 보고

152 시간을 잘 지키고, 욕설과 험담을 삼가라.

153 투정하지 마라. 불평하지 마라. 꾀부리지 마라.

154 도전은 인생을 흥미롭게 만들고

155 기회가 보이면 절대 놓치지 마라.

156 꽃을 보려 하는 사람들을 위해 꽃은 늘 피어 있다.

157 이 세상이 한 권의 책이라면

159 웃어라. 웃음은 사람들의 마음의 문을 여는 열쇠다.

160 맑은 날도 있고 궂은 날도 있지만, 어떤 날이든 반드시 좋은 점이 있다.

161 집만한 곳은 어디에도 없다.

162 좋은 본보기를 보이는 것이 최선의 가르침이다.

163 얼굴은 마음의 초상이요, 눈은 마음의 해석자다.

164 걱정은 흔들의자와도 같다.

165 음식이 곧 약이며, 약이 곧 음식이다.

167 많이 웃고 잘 자는 것이 최고의 보약이다.

168 운동 부족은 사람의 건강을 파괴한다.

170 아들아, 아버지의 명령에 따르고 어머니의 가르침을 저버리지 마라.

172 해가 나 있는 동안에 건초를 만들어라.

173 쇠가 달구어졌을 때 두들겨라.

175 눈에서 멀어지면 마음에서도 멀어진다.

176 이미 갖고 있는 것에 감사하며 살면 더 많이 가질 날이 올 것이다.

177 예절이 사람을 만든다.

178 바른 예절은 최고의 교육도 열 수 없는 문을 열어 준다.

180 희망이 새해 문턱에서 웃음 지으며 "올해는 더 행복할 거야"

181 따뜻한 웃음은 '친절'이란 뜻의 세계 공통어다.

182 예의 바른 태도와 부드러운 말씨는 많은 난관을 해결할 수 있다.

184 누구든, 어디에서든 무례하게 행동하는 것은 큰 잘못이다.

185 예절은 그 사람의 됨됨이를 비추는 거울이다.

186 아는 것으로는 충분하지 않다. 활용할 줄 알아야 한다.

188 예절이란 다른 사람의 감정을 세심하게 헤아려 알아채는 것이다.

190 교육은 어둠에서 빛으로 나아가는 행위이다.

191 내 머리가 닿을 수 있는 높이만큼 나는 자랄 수 있고

192 지성과 인성을 겸비하는 것이 진정한 교육의 목표이다.

193 생각을 조심해라. 생각이 말이 되기 때문이다.

194 성공은 하루아침에 이루는 것이 아니다.

할아버지의 선물

많이 알수록 두려움은 줄어든다.
Remember that the more you know, the less you fear.

영국의 작가 줄리안 패트릭 반스(1946년-현재)가 한 말이다.

무엇이든 직접 부딪쳐서 해 보고 배우기 전에는 자신이 없고 겁부터 나는 법이다. 이를테면 수영을 배운 적도 없고 물놀이 경험도 없다면, 바다든 실내 수영장이든 물속에 들어가기가 무척 겁이 날 거야. 그렇지만 헤엄치는 법을 배우고 자꾸 연습해서 몸에 익히면 두려움이 차츰 줄어들고 자신감이 생기지. 학교 공부나 책 읽기나 그밖의 다른 일도 마찬가지야. 어려워 보이는 수학도 기초부터 차근차근히 공부해 나가면 생각처럼 어렵지도 않고 심지어 재미있기까지 하단다. 딱딱하고 지루해 보이는 책도 한 권 두 권 읽다 보면 자기도 모르는 사이에 책 읽는 재미에 빠져 독서광이 될 수도 있고 말이야. 할아버지의 말이 믿기지 않는다면, 한번 직접 부닥쳐 보렴.

아는 것이 힘이다.
Knowledge is power.

영국의 철학자 프랜시스 베이컨(1561-1621)이 말한 이 격언은 정말 유명하지. 기독교 성서에도 "지혜로운 자는 강하고, 지식을 가진 사람은 힘을 더한다"(잠언 24장 5절)라는 비슷한 구절이 있단다.

간결하면서 힘 있는 이 말의 의미를 두고두고 되새겨 보기 바란다.

오늘 할 수 있는 일을 내일로 미루지 마라.
Never put off till tomorrow what you can do today.

오늘 해야 할 숙제를 내일로 미룬다고 치자. 그러면 아마 내일 학교에서 수업을 따라가기도 힘들겠지. 어디 그뿐인가! 결국 내일 해야 할 숙제가 두 배로 많아지겠지. 해야 할 일을 하지 않고 뒤로 미루면 갈수록 더 힘들어지고 바빠지기 마련이다. 신뢰와 존경을 받는 사람이 되고 싶다면 오늘 할 일을 내일로 미루면 안 된다는 것을 말해 주고 싶구나.

이 소중한 격언은 미국의 제3대 대통령을 지낸 토마스 제퍼슨(1743-1826)이 한 말이다.

젊은이여, 야망을 가져라!
Boys, be ambitious!

'야망'이란 성공, 명예, 권력, 부유함을 추구하는 마음을 뜻한단다. 야망을 이루기 위해서는 무엇보다 먼저 열심히 노력해서 능력을 길러야 해. 이 격언은 젊은이들에게 미래의 목표를 달성하기 위해 큰 희망, 큰 꿈, 큰 욕망을 가지라고 격려하는 말이다. 19세기 미국의 교육자였던 윌리엄 스미스 클라크가 말한 뒤로 유명해진 격언이지.

하늘은 스스로 돕는 이를 돕는다.
God helps those who helps themselves.

이 유명한 격언을 말한 벤저민 프랭클린(1706-1790)은 이른바 '미국 건국의 아버지들' 가운데 한 사람으로 미국 독립에 큰 역할을 했다. 그런가 하면 피뢰침, 다초점 렌즈 등을 발명하기도 하고, 자서전을 비롯해 여러 책을 쓰기도 했단다. 이렇듯 팔방미인으로 다방면에서 큰 공로를 남긴 그는 늘 부지런하고 성실했고, 신중하고 겸손했으며, 편협하지 않고 공정했으며, 자신의 실수를 늘 돌아보며 다른 사람한테 너그러웠다고 하는구나.

"하늘은 스스로 돕는 이를 돕는다"는 이 격언은, 자신의 삶은 자신이 주도해 나가며 스스로 책임져야 한다는 것을 강조하는 말이다. 무슨 일을 하든 우리가 스스로 먼저 노력해야, 다른 사람들에게서 도움과 지원을 받을 수도 있고 좋은 기회가 찾아오는 법이란다.

시간은 금이다.
Time is money.

이 격언은 시간을 금에 비유함으로써, 시간을 낭비하는 것은 금처럼 귀한 물건을 버리는 것이나 다름없다고 강조하고 있어. 그만큼 시간은 귀하고 귀하다는 말이지. 단 일 분이든, 한 시간이든, 한 달이든 한 번 흘러간 시간은 다시 돌아오지 않는단다. 부디 시간을 아껴서 열심히 살기 바란다.

  이 격언 또한 벤저민 프랭클린 덕분에 널리 알려졌다.

뜻이 있는 곳에 길이 있다.
Where there's a will, there's a way.

만일 무언가를 간절히 원한다면 그것을 얻을 방법을 찾게 될 것이다. 다시 말해, 만일 너희가 뭔가를 하겠다는 굳은 의지가 있다면 틀림없이 그것을 할 수 있는 길이나 방법을 찾을 수 있다는 말이야.

　이 격언을 늘 마음에 새겨 두고서 필요할 때마다 힘을 얻기 바란다.

연습을 통해서만 완벽해질 수 있다.
Practice makes perfect.

무언가를 잘하려면 되풀이해서 연습하는 방법밖에 없다. 자꾸 연습하다 보면 언젠가 능숙하게 잘하게 된단다. 이를테면 피아노를 잘 치고 싶으면 날마다 꾸준히 피아노를 연습해야 하고, 우등생이 되려면 공부를 열심히 해야만 해.

시작이 좋으면 끝도 좋다.
A good beginning makes a good ending.

처음 시작을 잘 하면 좋은 결과를 가져올 수 있다는 말이다. 늘 그렇다고 할 수는 없지만, 대체로 그렇단다. 어떤 목표를 이루기 위해 처음부터 끝까지 꾸준히 노력하면 틀림없이 좋은 결실을 얻을 거야. 그런데 시작을 잘 하려면 미리 계획을 잘 세워야 해. 그러고는 목표를 이룰 때까지 꾸준히 노력해야겠지.

　새 해, 새 학기, 새 출발을 위해 좋은 계획을 세워 보기 바란다. 그리고 꾸준히 실천하기 바란다. 행운을 빈다!

한 걸음씩,
천천히.

천 리 길도 한 걸음부터.

A journey of thousand miles begins with a single step.

이 속담은 여러 가지 의미로 풀이할 수 있을 것 같다. 할아버지가 강조하고 싶은 것은, 무언가를 성취하기를 바란다면 일단 '출발의 첫 걸음'을 떼는 것이 중요하다는 것이다. 아무리 어렵고 시간이 오래 걸리는 일이라도 처음에는 짧고 단순한 것부터 시작하는 법이란다. 예를 들어 의사, 과학자, 법률가, 학자 또는 우주비행사가 되려면 오랜 기간 동안 많은 책을 읽으며 열심히 공부를 해야 하는데, 그러기 전에 우선 읽고 쓰는 법부터 배우는 것으로 시작해야 한다. 그러니까 무엇을 하든 기초를 튼튼히 하는 것으로부터 시작해야 한다는 말이야.

위대한 업적들도 처음 출발은 작고 보잘것없었을 거야. 하지만 중요한 것은 원대한 목표를 향해 꾸준히 노력했다는 거지. 그러니까 우선 첫발을 떼는 것이 중요하다. 마음에 새겨 두기 바란다.

서두르면 일을 그르친다.
Haste makes Waste.

이 속담은 너무 서두르다 보면 실수를 하기 쉽다는 뜻이야. 우리는 무언가를 잘하고 싶은 마음이 앞서다 보면 빨리 하고 싶어서 서두르기가 쉽지. 아니면 급한 일이 생겨서 더 서두를 때도 있지. 그렇지만 무슨 일이든 준비를 제대로 하지 않고 무작정 빨리 하려고만 하면 십중팔구 문제가 생기고, 그 문제를 해결하기 위해 결국은 더 많은 시간과 노력을 들여야 한단다. 비슷한 뜻으로 우리나라 속담에도 "급할수록 돌아가라"는 말이 있지.
　이 속담처럼 지혜롭게 움직이기를 바란다.

일찍 자고 일찍 일어나면 건강하고 부유하고 현명해진다.
Early to bed and early to rise makes man healthy, wealthy
and wise.

이 속담은 잠자는 습관이 많은 것을 좌우한다는 말이다. 일찍 자고
일찍 일어나는 습관은 건강을 위해서도 바람직하지만, 하루를 일찍
시작하면 하는 일을 더 능률적으로 부지런히 할 수도 있다는 거지.
그래서 결국 건강하고 부유하고 현명해질 수 있다는 말이다. "건강이
가장 큰 자산이다"라는 말을 들어 보았는지 모르겠구나. 건강이 중요
한 것은 말할 나위도 없다. 항상 건강을 잘 보살피도록 해라.

말을 물가로 데려갈 수는 있어도, 물을 마시게 할 수는 없다.
You can lead a horse to water, but you can't make it drink.

이 속담이 말하는 것은, 다른 사람에게 무언가를 할 기회를 줄 수는 있지만 그가 원하지 않으면 억지로 시킬 수는 없다는 것이란다. 이를 테면, 부모가 아들딸을 좋은 학교에 보낼 수는 있지만, 정작 아이가 공부에 흥미가 없다면 억지로 배우게 할 수는 없다는 말이야. 무슨 뜻 인지 충분히 이해하리라고 믿는다.

한 가족의 자녀들은 정원의 꽃 가운데
가장 아름다운 꽃과 같다.
Children in a family are like the most beautiful flowers
in the garden.

이 말은 다른 사람이 아니라 바로 이 할아버지의 생각을 표현한 것이
란다. 나는 사랑스러운 손주들을 볼 때마다, 아이들이야말로 그 어떤
꽃보다도 아름답다고 느낀단다. 그 어떤 꽃보다 더 사랑스럽고 소중
한 이 세상의 모든 어린이들이 꿈을 품고 밝고 힘차게 자라기를 소망
한다.

진정한 친구는 우리가 선택할 수 있는 가족이다.
True friends are families which you can select.

영국의 영화배우였던 오드리 헵번(1929-1993)이 남긴 말이다. 오드리
헵번은 영화배우로서 세계인의 사랑을 받으면서 이름을 크게 떨쳤을
뿐만 아니라, 아름답고 훌륭한 금언을 많이 남겼단다.
　이 격언은 좋은 친구는 가족만큼 가깝고 소중하다
는 뜻이야. 아무쪼록 친구를 사귈 때 서로에게 진
정한 친구가 되기를 바란다.

네 이웃을 네 몸과 같이 사랑하라.
Love your neighbor as yourself.

기독교 성서에 있는 이 말은, 다른 사람들을 아껴 주고 사랑할 것을 강조하는 말이지. 말은 쉽고 익숙하지만 실제로 이 말대로 행동하기는 참 쉽지 않단다. 아무리 가까운 친구라 해도 나 자신을 위하는 만큼 친구를 위하기는 참으로 어려운 일이니 말이야.

　그래서 할아버지는 이렇게 해 보기를 제안한다. 가장 가까운 이웃인 가족들, 그러니까 할아버지 할머니, 엄마 아버지, 형제자매, 고모, 이모, 삼촌, 사촌 들부터 먼저 나 자신을 위하듯 아끼고 사랑하고, 그 마음을 차차로 친구들에게로, 다른 사람들에게로 넓혀 나가자고 말이야.

정직함이 최선의 방법이다.

Honesty is the best policy

아주 오래된 영국 속담이야. 이 속담이 말하려는 것은, 정직함이야말로 사람들이 인생을 사는 동안 반드시 지녀야 할 기본적인 덕목이라는 것이지. 정직함은 언제나, 누구에게나 최선의 방법이며 태도며 지혜란다. 이 말에 공감하고 늘 마음에 새겨 두기를 바란다.

나무는 왠지
바르고 곧은 마음을
가졌을 것 같아요.

다른 사람들에게서 늘 배워라.
그들은 내가 모르는 것을 알고 있다.
Every person that you meet knows something you don't;
learn from them.

이 격언은 미국의 작가 잭슨 브라운이 쓴 감동적인 책에서 뽑은 말이
란다. 우리는 날마다 성격이며 개성이 다른 많은 사람을 만나지 않니.
학교에서 교회에서 모임에서 또는 여행길에서 새로운 사람들을 만나
이야기를 나누다가 친한 사이가 되기도 하지. 이 격언이 가르치듯이,
우리가 누군가를 만날 때마다 그 사람에게서 무언가를 배우려면 먼
저 그 사람한테 관심을 기울여야겠지.
　사람을 만난다는 것은 누군가 다른 사람한테서 지식을 얻을 좋은
기회란다.

뿌린 대로 거두리라.
You reap what you sow.

우리가 텃밭에 토마토 씨앗을 심어 기르면 토마토가 주렁주렁 열리고, 콩을 씨 뿌려 키우면 또 많은 콩을 거두게 되지. 이것이 자연의 법칙이야. 농사는 이런 자연 질서를 따라 이루어진단다.

"뿌린 대로 거두리라." 기독교 성서에서 나온 이 말은 우리 인간이 하는 일이나 행동도 농사짓는 것과 다르지 않다고 깨우쳐 주는구나. 그러니까 만일 너희가 같은 반 급우들을 따뜻한 마음으로 친절하게 대하면 그 아이들도 너희에게 따뜻하게 화답할 테고, 거꾸로 너희가 친구에게 상처를 주면 그 친구도 같은 식으로 갚을 거라는 말이지.

우리가 무슨 일을 하든, 어떤 행동을 하든, 우리가 행하는 모든 일과 행동에는 어떤 결과가 따라오기 마련이야. 곧, 우리가 무엇을 어떻게 했는지에 따라, 그에 상응하는 결과가 우리 자신한테 되돌아온단다. 시간이 지나면 우리는 좋든 나쁘든 그 결과를 마주할 수밖에 없어.

이 격언을 곰곰 새겨 보면, 우리가 젊어서 열심히 일하면 세월이 흐른 뒤에 그에 따른 큰 보상을 받게 되리란 걸 알 수 있지. 그렇겠지?

열심히 일한 뒤에는 휴식과 재충전의 시간을 가져라.
Have a time for rest and refreshment after hard works.

사람들이 열심히 일하거나 열심히 공부한 뒤에 휴식이나 놀이가 필요한 것은, 즐거운 여가 활동이 건강과 마음을 새롭게 해 주기 때문이다. 이를테면, 여러 가지 운동, 영화 관람, 책 읽기, 요리하기, 가족들과 좋은 시간을 보내기, 여행하기, 야외로 소풍 가기, 산책하기 등등, 자기 자신이 좋아하는 취미 활동으로 몸과 마음을 즐겁게 쉬어 주면, 새로운 기운과 활기를 얻을 수 있단다.

오래된 습관은 버리기 힘들다.
Old habits die hard.

습관은 뭘까? 습관은 한 개인이 어떤 행위를 자주 되풀이하다 보면 저도 모르게 그 행위를 자꾸 하게 되어 고치거나 없애기 힘든, 몸에 밴 행동을 말해. "오래된 습관은 없애기 힘들다"는 이 격언은, 어려서 부터 좋은 습관을 기르도록 노력해야 한다는 말이야. 왜냐면 나쁜 습관이 몸에 배면 나중에 그것을 없애기가 쉽지 않기 때문이지. 많은 사람이 때가 되어 나쁜 습관이 자신을 해치는 것을 비로소 깨닫고서 그 습관을 없애야겠다고 마음먹어도, 좀처럼 그 습관에서 벗어나지 못한 단다. 오래된 나쁜 습관을 버리는 일은 생각만큼 쉽지 않아서, 그것을 완전히 떨쳐 버리려면 정말로 어마어마한 노력을 기울여야만 하거든.

우리나라에도 "세 살 버릇 여든까지 간다"는 속담이 있듯이, 세계 곳곳에서 이 격언을 옛날부터 소중한 진리로 여겨 왔어. 어린이들은 하루하루의 생활 속에서 좋은 습관을 기르는 것이 무엇보다도 중요하 단다.

일찍 일어나는 새가 벌레를 잡는다.
It's the early bird that catches the worm.

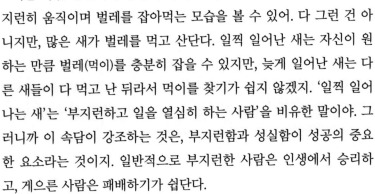

이것은 서양에서 17세기, 그러니까 1600년
대부터 입에서 입으로 전해져 온 속담이다.

이른 아침 정원이나 공원에 나가면 새들이 부
지런히 움직이며 벌레를 잡아먹는 모습을 볼 수 있어. 다 그런 건 아
니지만, 많은 새가 벌레를 먹고 산단다. 일찍 일어난 새는 자신이 원
하는 만큼 벌레(먹이)를 충분히 잡을 수 있지만, 늦게 일어난 새는 다
른 새들이 다 먹고 난 뒤라서 먹이를 찾기가 쉽지 않겠지. '일찍 일어
나는 새'는 '부지런하고 일을 열심히 하는 사람'을 비유한 말이야. 그
러니까 이 속담이 강조하는 것은, 부지런함과 성실함이 성공의 중요
한 요소라는 것이지. 일반적으로 부지런한 사람은 인생에서 승리하
고, 게으른 사람은 패배하기가 쉽단다.

잘 준비하고 열심히 노력하면 성공이란 선물을 받게 된다는 사실을
기억하기를 바란다.

건강이 가장 큰 자산이다.

The greatest wealth is health.

옛 로마제국의 시인 푸블리우스 베르길리우스 마로(기원전 70년-기원전 19년)가 남긴 명언이야.

건강이 일상생활에서 가장 중요하다는 사실은 그 누구도 부정하지 않을 거야. 아무리 재산이 많은 부자라 해도 건강이 나쁘면 그 사람은 인생을 제대로 즐길 수가 없어. 건강하지 못하면 많은 재산이나 뛰어난 능력이 무슨 소용이 있겠니. 좋아하는 음식을 맛볼 수도 없고, 자유롭게 여행하거나 마음껏 뛰어놀 수가 없으니 말이야. 그뿐만 아니라, 사는 동안 내내 여러 가지 제약 속에서 조심하며 살아야 하지.

사실, 조금만 주의를 기울이면, 병에 걸리거나 건강이 나빠지는 불행은 얼마든지 피할 수 있단다. 물론 건강에 대한 기초 지식도 갖추어야겠지. 문자도 없던 아득한 옛날, 선사시대에도 현명한 지도자는 건강에 지대한 관심을 기울였단다.

스스로 건강을 돌보는 일 또한 우리의 중요한 책임임을 명심하길 바란다.

실패는 성공의 어머니다.
Failure is the mother of success.

무언가를 하다가 잘 안 되면 금방 실망하고 포기하기가 쉽지. 하지만 모든 일은 처음 시작할 때는 다 어려운 거란다. 그리고 아무리 철저하게 준비를 하고 시작해도 실제로 하다 보면 더러 생각지 못한 어려움이나 문제점을 만날 수도 있단다.

처음에 실패를 하더라도 다시 도전해 보렴. 무엇보다 인내심, 끈기, 의지가 중요해. 실패한 경험을 살려 전략과 작전을 바꿔서 시도하면 다음번에는 성공할 가능성이 높아질 거야. 만일 학교 공부에서 어려운 과목이 있으면, 선생님이나 친구들에게서 도움을 받기도 하고, 포기하지 말고 꾸준히 노력하거라. 모자란 점과 약점을 극복할 수 있을 거야.

자신의 약점을 노력으로 극복한 사람이 참으로 많단다. 고대 아테네의 웅변가였던 데모스테네스라도 그랬단다. 데모스테네스라는 어린 시절 목소리가 작아서 무척 고민을 했어. 그러다가 어느 날 자신의 결함을 고쳐 보기로 마음을 굳게 먹고, 날마다 바닷가에 가서 큰 소리를 내며 밀려드는 파도 소리에 맞서 큰 소리를 내는 연습을 하곤 했단다. 결국 그는 자신이 바라던 대로 당당하고 우렁찬 목소리를 갖게 되었지.

윈스턴 처칠도 이런 말을 했지. "성공이란 실패를 거듭하면서도 열정을 잃지 않는 것이다."

실천이 말보다 낫다.
Well done is better than well said.

말을 곧잘 하는 것보다는 실천을 잘 하는 것이 훨씬 더 중요하다는 뜻이다. 말로만 해서 되는 일은 세상에 없다는 것을 기억해라. 사람을 볼 때도 그 사람이 하는 말이 아니라 행동을 봐야 한다. 말은 번지르르하게 잘하지만 행동이 말을 따라가지 못하는 사람은 믿을 만하지 않단다.

벤저민 프랭클린이 남긴 이 격언처럼 사람들은 우리가 하는 말이 아니라 행동을 보고 판단한다는 사실을 기억해라. 중국에도 같은 뜻으로 "입으로는 밥을 지을 수 없다"라는 속담이 있단다.

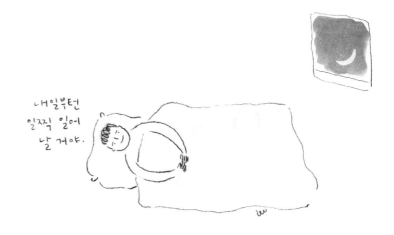

말보다 행동이 중요하다.

What someone does is more important
than what someone says.

이 격언은 바로 앞의 격언 "실천이 말보다 낫다"와 거의 같은 말이다.
말과 행동은 서로 다른 것임을 명심해라. 그리고 혹시 자기 자신이 말
만 앞세우고 실천하지는 않는 사람은 아닌지 스스로를 잘 돌아보거
라. 사람들은 무엇을 해야 하는지 알면서도 행동으로 옮기지 않는 경
우가 많다. 예를 들어, 부지런함이 게으름보다 좋은 것을 알면서도 자
주 게으름을 피우고, 건강에 나쁜 음식인 줄 알면서도 맛있다고 자꾸
먹고는 하지.

　사람들이 누군가를 존경하는 것은 그가 하는 말이 아니라 행동 때
문이다. 다시 말하지만 행동이 말보다 더 중요하다는 것을 기억해라.

깍

조금만 더
잘래ㅅ.

천재를 만드는 것은 1퍼센트의 영감과 99퍼센트의 땀이다.
Genius is one percent inspiration,
ninety-nine percent perspiration.

천재라고 하면 우리는 보통 선천적으로 지능이 높고 창의력과 재능
이 뛰어난 사람을 생각한다. 그러나 이 격언은, 천재는 타고난다는 일
반의 생각과는 달리, 탁월한 발상과 성과를 이루기 위해서는 무엇보
다도 열심히 노력하는 것이 중요하다고 강조하는구나. 타고난 재능이
하는 것은 아주 작은 부분(1퍼센트)일 뿐이고 성실한 노력(99퍼센트)이
천재를 만든다는 말이지. 할아버지는 위대한 업적을 이루는 데에서
땀 흘려 열심히 노력하는 것이 가장 중요한 자질이라는 생각에 전적
으로 동의한다.
　이 격언은 흔히 미국의 발명가 토마스 에디슨(1847-1931)이 한 말로
알려져 있는데, 영국의 사회비평가 존 러스킨(1819-1900)이 한 말이기
도 하다는구나.

벽에도 귀가 있다.
Walls have ears.

짧지만 의미 있는 속담이다. 우리가 하는 말을 다른 사람들이 들을 수 있으니 언제나 말을 조심하라는 것이지. 세상에 비밀이란 없다는 소리인 동시에 그러니 무엇보다 말을 신중하게 가려서 해야 한다고 강조하는 말이지. 언제 어디에서나 말조심을 하고 쓸데없이 남의 험담을 하지 말라는 것이다. "낮말은 새가 듣고 밤말은 쥐가 듣는다"는 우리나라 속담이 생각나지?

피는 물보다 진하다.
Blood is thicker than water.

이 경구는 오래 전 12세기 독일의 중세 문학에서 처음 나타난 뒤로 많은 사람이 즐겨 언급해 왔단다. 스코틀랜드의 월터 스콧 경(1771-1832)이 그의 소설에서 인용해서 더욱 널리 알려지기도 했지. 피를 나눈 가족들 사이의 관계는 다른 사람들과의 관계보다 더 친밀하고 강력하다는 뜻이야. 가족의 소중함을 일깨워 주는 말이지.

날마다 사과 한 알을 먹으면 병원에 갈 일이 없다.
An apple a day keeps the doctor away.

영국 웨일즈 지방의 속담으로 19세기부터 서양 사회에서 입에서 입으로 전해져 온 말이다. 사과는 병을 다스리거나 치료하는 약은 아니지만, 확실한 것은, 병을 예방하고 건강을 지키는 효과가 아주 크다는 말이지. 실제로 사과에는 면역체계에 도움을 주는 비타민 씨(C)와 콜레스테롤 수준을 낮추는 페놀 화합물이 풍부하게 들어 있단다. 그뿐만 아니라, 사과를 먹으면 치아를 청소해 주는 효과가 있고 박테리아를 없애 주기 때문에 충치에 걸리지 않게 해 준다는구나. 코넬 대학의 연구에 따르면, 사과에 들어 있는 케르세틴이라는 성분이 뇌세포를 보호해서 알츠하이머병과 같은 신경성 병에 걸릴 확률을 줄여 준다고 하니, 정말 놀라운 과일이지.

고대 영어에서는 나무에서 자라는 둥근 과일은 모두 사과(애플 apple)라고 불렀단다. 그러니 사과뿐 아니라 여러 가지 제철 과일들을 골고루 먹어 보기 바란다!

고통 없이 얻을 수 있는 것은 없다.
No pain, no gain.

이 오래된 유대인의 격언에 고개를 끄덕이지 않을 사람은 아마 없을 것 같구나. 바라는 무언가를 얻기 위해서는 어느 정도 고통이 따른다는 것은 다들 잘 알고 있을 거야. 쉬운 예로, 스포츠 스타가 되기 위해서는 쉬지 않고 땀 흘려 훈련해야 하고, 우등생이 되기 위해서는 시간을 아껴 가며 열심히 공부해야 해. 오랜 시간 공부와 훈련에 매진하는 것은 결코 쉬운 일이 아니다. 많은 경우 괴롭고 고통스럽게 느껴질 수 있다. 그러나 고된 노력 끝에 좋은 결과가 나타나기 시작하고 마침내 목표를 이루게 되면 그때 느끼는 보람과 성취감은 이만저만 크지 않단다. 물론 그에 따른 보상도 얻게 되지.

  가치 있는 일을 이루기 위해서는 열심히 노력해야만 한다는 것을 기억해라. 때로 고통스럽고, 힘들기도 하지만 결국 바라는 것을 얻게 될 것이다. 성공에 다른 지름길은 없단다.

1원을 아끼는 것은 곧 1원을 버는 것이다.
A penny saved is a penny earned.

오래된 영어 속담이란다. 내가 갖고 있는 돈을 아끼면 그만큼 돈을 더
번 셈이 된다는 말이지. 가령 나한테 1원이 있다고 치자. 내가 그 돈을
쓰려다가 쓰지 않고 그 대신에 저축하면, 1원이 줄어드는 대신에 1원
이 늘어났으니 결국 돈을 두 배로 번 셈이 되었다고 볼 수 있지. 이 셈
법을 이해할 수 있겠니?

　아무튼 이 속담은 앞날을 위해 소비를 줄이고 저축하는 습관을 지
니는 것이 중요하다는 뜻을 담고 있어. "티끌 모아 태산"이라는 우리
속담도 있잖아. 아무리 적은 돈이라 해도 함부로 쓰지 않고 아끼면서
모으다 보면 언젠가 큰 재산으로 불어날 날이 올 거야.

화가 났을 때에는 어떤 결정도 내리지 마라.
Don't make decisions when you are angry.

사람들은 화가 나면 마음이 온통 부정적인 에너지에 휩싸이게 돼. 그래서 생각하는 방식도 행동도 비정상적으로 되기가 쉽단다. 평상시와 달리 자기답지 않은 생각을 하거나 의도하지 말을 내뱉거나 한다는 말이지. 그러고는 나중에 화가 가라앉으면 그렇게 생각하고 말한 것을 뼈아프게 후회하지. "세상에나, 나는 왜 별것도 아닌 일을 가지고 그렇게 유난스럽게 굴었을까?"라고 말이야.

화가 나면 화가 가라앉을 때까지 적어도 하루쯤은 기다려 보도록 해. 그런 뒤에 고요한 마음으로 그 문제를 다시 마주하고서 곰곰 생각해 봐. 진득하게 생각해 봐야 할 거야. 화나 분노 같은 감정은 사람한테 아주 해롭단다. 올바른 생각을 가리기 때문이지. 그러니 성이 나고 기분이 언짢을 때에는 무언가를 결정하거나 중요한 일을 행동으로 옮기거나 하는 일은 하지 말아야 한단다. 명심하거라.

남에게서 대접받고자 하는 대로 너희도 남을 대접하라.

Do to others as you would have them do to you.

신약 성서 누가복음에서 나온 이 격언에 담긴 생각은 세상에서 가장 오래된 지혜라고 할 수 있어. 처음 인류가 시작될 때부터 사람들은 늘 다른 사람들과 더불어 살아왔지. 그렇게 다른 사람들과 관계 맺으며 쌓아 온 지혜가 바탕이 되어, 사람들은 일찍부터 이런 훌륭한 생각을 해낸 것이지.

다른 사람들과 좋은 관계를 맺으며 지내는 일은 그리 쉬운 일이 아니란다. 사람마다 개성도 다른 데에다 생각이나 목표나 바라는 것이 저마다 다를 수가 있으니 말이야. 더구나 다른 사람의 마음을 내 마음처럼 이해하는 것은 더더욱 어려운 일이지. 그래서 "다른 사람이 너희에게 해 주기를 바라는 대로 다른 사람을 대하라"고 깨우쳐 주는 이 격언이 참으로 귀하게 느껴지는구나. 친구들과 좋은 관계를 쌓아 가는 데에 이보다 더 소중한 가르침도 없을 거야.

중국의 옛 성인인 공자 할아버지도 "내가 하기 싫은 것을 남에게 시키지 마라" 하고 비슷한 말을 남겼단다.

내가 제일 좋아하는 과자야.

시간은 쏜살같이 흐른다.
Time flies like an arrow.

많은 사람이 입을 모아 말하지. 시간은 정말 빨리 지나간다고. 특히 재미있게 놀 때는 더 그런 느낌이 들지. 정말 재미있는 놀이를 하거나 즐거운 파티에 참석했다가 끝마칠 시간이 되면 시간이 어느새 이렇게 됐지 하면서 놀란 경험이 있을 거야. 또 방학이 시작되면 즐겁게 놀 생각에 마구 신나하다가, 방학이 끝날 무렵이면 도대체 시간이 어디로 다 흘러가 버렸지 하며 아쉬워하게 되지. 어른들은 심지어 한 해, 스무 해 같은 긴 기간도 순식간에 지나가 버린 듯이 느끼곤 해. 그래서 부모들이 "우리 아들딸이 언제 이렇게 훌쩍 컸을까!" 하는 말을 자주 하는 것이란다. 또 부모들은 자식이 자라서 고등학교, 대학교에 들어가거나 직장에 취직해서 다른 도시로 떠날 때가 되면, 이런 일이 닥치리라고는 한번도 예상하지 못한 듯이 놀라면서 기쁜 가운데에서도 섭섭해하지.

어린 시절, 젊은 시절 또한 하루하루가 쏜살같이 날아간다는 사실을 명심해라. 금쪽처럼 소중한 시간을 함부로 허비하지 말고, 매 순간순간을 잘 활용하면서 밝고 희망 가득한 앞날을 위해 열심히 공부하기를 바란다.

시간이
물 흐르듯 가는구나.

방학하던 날로
돌아갈래요~.

끼리끼리 모인다.
Birds of a feather flock together.

"유유상종(類類相從)"이라는 말을 들어 봤니? 비슷한 사람들끼리 서로 사귄다는 뜻이야. 같은 뜻으로 우리는 흔히 "끼리끼리 논다"거나 "끼리끼리 모인다"고 말하지. 실제로 대부분 취향과 성격이 비슷한 친구들끼리 서로 뭉치고 어울리잖아. 그러기에, 사귀는 친구들을 보면 그 사람을 알 수 있다는 말도 있지.

　우리가 친구들과 함께 시간을 보낼 때 친구들이 우리 생각이나 행동에 영향을 끼친다는 것은 경험으로 잘 알 거야. 우리도 마찬가지로 그 친구들한테 영향을 주지. 그렇기 때문에 좋은 사람들을 만나면 그들한테서 좋은 것을 배우게 되고, 행실이 나쁜 사람들과 함께 시간을 보내면 아무래도 부정적인 영향을 받기가 쉽단다.

　좋은 친구들을 되도록 많이 사귀면 좋겠구나. 특히 나이를 먹을수록 좋은 사람과 어울리는 것이 더욱 중요하단다.

아침 일찍 포도밭으로 나가
포도나무에 순이 돋았는지, 꽃이 열렸는지,
석류나무에 꽃이 활짝 피었는지
우리 함께 보아요—
그곳에서 내 사랑을 당신에게 바치겠어요.
Let us get up early to the vineyards,
let us see if the vine has budded,
whether the grape blossoms have opened, and
the pomegranates are in bloom—
there I will give you my loves.

이 글은 격언이나 속담이 아니야. 기독교 구약 성서에 있는 '아가(雅歌)'에서 인용한 시 구절이란다. '아가'는 '우아하게 아름다운 노래'라는 뜻이야. 고대 이스라엘의 솔로몬 왕이 지은 시라고 알려져 있지만, 사실은 그 시대의 시와 노래를 모은 글편이라고 하는구나.

　이 시적인 글은 즐거운 기대감과 희망에 차서 포도밭으로 가고 있는 농부의 감상과 느낌을 표현하고 있지. 비유하자면, 너희의 포도밭은 바로 학교라고 할 수 있어. 희망에 찬 농부처럼 너희도 학교에 갈 때면 배움에 대한 열망과 에너지가, 친구들과 우정을 깊게 다지겠다는 기대감이 마음에 가득하기를 기대한다.

노력해 보지도 않고 불가능하다고 한다.
The impossible is often the untried.

사람들은 어떤 일은 불가능하다는 말을 더러 한다. 이를테면 산이 너무 높아서 오를 수 없다거나 어떤 과목은 너무 어려워서 포기할 수밖에 없다고 말이야. 하지만 열심히 노력해 보지도 않고서 할 수 없다고, 불가능한 일이라고 미리 판단하는 경우가 많다. 알고 보면 이 세상에서 우리가 할 수 없는 일은 생각보다 많지 않단다. 해야 할 일이 있다면, 바라는 것이 있다면, 힘들고 불가능하다고 포기하기 전에 먼저 최선을 다해서 노력해 보기를 권한다. 그러면 대부분 바라는 것을 이룰 수 있을 거야.

늘 긍정적으로 생각하고 최선을 다하거라. 원하는 것을 얻을 수 있을 것이다.

위대한 일을 이룬 사람들은 모두
위대한 꿈을 가진 이들이었다.
All men who have achieved great things
have been great dreamers.

미국의 종교 작가 오리슨 스웨트 마든(1850-1924)의 글에서 따온 말이
야. 오리슨 마든은 우리 삶을 좌우하는 것은 바로 우리 생각이며, 우
리가 살고 있는 세상을 만들어 나가는 것도, 또 우리가 속한 환경을
빚어 나가는 것도 바로 우리 자신이라고 강조했단다.

　토마스 에디슨, 벤저민 프랭클린, 알렉산더 그레이엄 벨, 그리고 라
이트 형제 같은 위대한 발명가들이 전기, 전화, 인쇄술, 비행기 들을
처음으로 만들었다는 사실은 잘 알고 있을 거야. 지금은 이 세상에 꼭
필요한 생활 필수품이 된 이들 발명품도 처음엔 누군가의 꿈으로부터
시작되었단다. 공자, 세종대왕, 조지 워싱턴, 토마스 제퍼슨 같은 위대
한 사상가와 정치가들 또한 위대한 꿈을 가진 사람들이었지.

　"나는 꿈이 있습니다!"라고 시작하는 유명한 연설을 아니? 미국의
위대한 인권 지도자였던 마틴 루터 킹 목사는 흑인 인권을 위한 평화
행진 시위에서 "난 꿈이 있습니다" 하고 외치며 모두가 평등해지는
세상을 꿈꾸자고 북돋았지. 꿈을 이루기 위해 밀고 나아갈 용기만 있
다면 꿈은 실현될 수 있단다. 아무쪼록 꿈을 크게 가지기를 빈다.

신이 우리가 감당하기 벅찬 큰 꿈을 주는 것은
우리가 그 꿈을 감당할 만큼 크게 성장하게 하기 위해서다.
God gives us dreams a size too big
so that we can grow into them.

이 금언은 바로 앞의 격언 "위대한 일을 이룬 사람들은 모두 위대한 꿈을 가진 이들이었다"와 연결해서 의미를 새겨 보면 좋을 거야. 앞에서도 말했듯이, 모든 위대한 업적은 위대한 꿈에서 출발한단다. 아무리 큰 꿈도 우리가 그 꿈을 이루려고 끊임없이 노력하면 반드시 실현시킬 수 있다는 사실을 역사가 증명하고 있잖아.

오늘의 이 금언은 우리가 꾸는 꿈에는 한계가 있을 수 없음을 깨우치고 있어. 우리는 무엇이든 상상할 수 있고, 생각을 무한히 펼쳐 나갈 수 있고, 한없이 큰 포부를 품을 수 있지. 꿈에는 결코 한계가 없으니까 말이야. 애플사를 창업한 스티브 잡스, 마이크로소프트사를 창업한 빌 게이츠, 디즈니사를 세운 월트 디즈니도 크나큰 꿈과 포부를 가졌던 사람들이야.

꿈을 크게 가지거라.

나뭇잎마다 꽃처럼 물드는 가을은 두 번째 봄이다.
Autumn is a second spring when every leaf is a flower.

무덥던 여름이 저만치 멀어져 가고 가을이 오면, 초록색 이파리들이 노란색, 붉은색, 갈색으로 빛깔이 바뀌기 시작한다. 공기는 상쾌하고, 아름답게 물든 나뭇잎은 마치 꽃이 가득 핀 듯한 풍경을 그려 내지. 프랑스의 유명한 소설가 알베르 카뮈(1913-1960)는 이런 놀라운 자연의 변화를 보고서, 색색의 나뭇잎들이 그 어떤 꽃보다도 예쁘다고 칭송하면서 가을을 두고 '두 번째 봄'이라고 했단다.

가을은 흔히들 수확의 계절이라고 한다. 농부들은 열매를 따고 곡식을 거두어서 창고에 쌓아 두는데, 이것은 농부들이 한 해 동안 애써서 얻은 결실이란다. 뭐니뭐니 해도 가을은 책을 많이 읽고 지식을 얻기에 좋은 때야. 이 좋은 계절을 맞이해 자기 자신을 풍부하게 가꾸는 행복을 누리기를 바란다.

느려도 꾸준하면 경주에서 이긴다.
Slow and steady wins the race.

이 금언은 무슨 일에서든 쉬지 않고 꾸준히 하는 것이 얼마나 중요한지를 일깨워 준다. 그러니까, 내가 비록 재능이나 솜씨가 조금 모자라고 배우는 속도가 조금 느리다 해도, 무언가를 이루기 위해서 한결같이 꾸준히 한다면 얼마든지 바라는 훌륭한 성과를 거둘 수 있다는 말이지. 자신의 재능만 믿고서 빈둥거리다가 벼락치기로 서두르거나 경솔하게 행동한다면 결코 좋은 결실을 얻을 수 없단다. 이솝우화 '토끼와 거북' 이야기가 그런 사실을 잘 보여 준다.

토끼가 거북이 걸음이 느리다고 비웃으면서 다리가 있기는 하냐고 거북을 놀려 댔다. 그러면서 언제든 거북이 원하는 때에 달리기 경주를 하자며 자신이 무조건 이길 것이라고 장담했다. 거북이 대꾸했다. "좋아, 바로 하자구. 이제 곧 내 다리가 어떻게 생겼는지 볼 수 있을 거야." 둘은 곧바로 달리기를 시작했다. 거북은 바로 걷기 시작했다. 평상시처럼 한결같은 속도로 한 순간도 쉬지 않고 계속 걸어갔다. 토끼는 거북과의 달리기 경주가 누워서 떡 먹기라고 생각해 낮잠부터 한잠 자기로 했다. 그래도 얼마든지 거북을 앞지를 수 있다고 자신했다. 토끼가 잠자는 동안에도 거북은 계속해서 느릿느릿 걸어갔다. 한참 뒤 잠에서 깨어난 토끼는 잠을 너무 오래 잔 것을 깨닫고는 부랴부랴 달려서 결승점에 도착했다. 그러나 이미 거북이 먼저 도착한 뒤였다.

토끼는 어리석게도 지나친 자만심으로 게으름을 피우다가 경주에 졌어. 실제로 좋은 머리, 뛰어난 재능을 타고난 사람들이 게으름 때문에 자신의 재능을 망쳐 버리는 경우가 적지 않단다. 성실함, 열성, 인내심은 언제나 게으름을 이기지.

소리를 지른다고 되는 일은 없다.
네 자신과 다른 사람들을 힘들게 만들 뿐이다.
나는 소리를 지를 때마다 오히려 일을 그르치곤 했다.
Don't yell. It never works, and it hurts both yourself and others.
Every time I have yelled, I have failed.

이것은 제임스 K. 플래너건(1940-2012)이 사랑하는 손주들에게 쓴 편지에서 한 말이다. 그는 훌륭한 작가이며 시인이었지.

  너희도 알겠지만, 사람들은 화가 나면 종종 소리를 지르곤 한다. 하지만 소리를 지른다고 해서 되는 일은 없어. 오히려 우리 자신과 다른 사람들을 힘들게 할 뿐이지. 자제력을 길러서 언제 어디서나 올바르게 처신하기 바란다.

만일 내가 연습을 하루 쉬면 내가 그것을 알고,
이틀을 쉬면 내 아내가 알아채고,
사흘을 쉬면 온 세상 사람이 다 알아챈다.
If I don't practice for a day, I know it;
if I don't practice for two days, my wife knows it;
if I don't practice for three days, the world knows it.

위대함의 비결은 무엇일까? 위대하게 만드는 것은 과연 무엇일까? 연구에 따르면, 타고난 재능이 있고 없고의 여부는 위대한 성공을 이루는 것과 크게 상관이 없다고 해. 위대한 성공의 비결은 오로지 고통스럽고 힘겨운 연습과 열심히 노력하는 데에 있다는 거지. 이 금언은 폴란드의 위대한 피아노 연주자인 이그나치 얀 파데레프스키(1860-1941), 세계적인 피아노의 거장인 러시아의 블라디미르 호로비츠(1903-1989), 그리고 그 유명한 이탈리아의 성악가 루치아노 파바로티(1935-2007) 같은 사람들이 즐겨 하던 말이란다. 이 금언은 이 위대한 음악가들의 위대한 성공은 오로지 그들의 근면함과 혹독한 연습의 결과라는 걸 말해 주지.

　성공하기 위해서는 열심히 노력하는 것밖에 다른 길이 없다는 것을, 그리고 "연습을 통해서 완벽해질 수 있다"는 것을 부디 기억하길 바란다.

거짓말쟁이는 진실을 말해도 사람들이 믿어 주지 않는다.
Liars are not believed even when they tell the truth.

이 격언의 뜻을 잘 보여주는 이솝우화 이야기가 생각나는구나. 다들 잘 아는 얘기지만 다시 한 번 보자꾸나.

마을에서 멀지 않은 곳에서 양 떼를 기르는 양치기 소년이 있었다. 소년은 양을 돌보다가 가끔씩 재미 삼아 "늑대야, 늑대가 나타났어요!" 하고 거짓으로 외치곤 했다. 소년의 거짓말은 두 번째, 세 번째까지는 통해서, 온 마을 사람들이 소년을 도우려고 달려왔다. 그러나 그때마다 마을 사람들은 달려온 보람도 없이 도리어 놀림을 받곤 했다. 그러던 어느 날 늑대가 정말로 나타났다. 소년은 늑대가 나타났다고 있는 힘껏 외쳤다. 그러나 마을 사람들은 소년이 언제나처럼 장난을 친다고 생각해서 아무도 그 외침에 귀를 기울이지 않았다. 결국 늑대는 양들을 마구 잡아먹었다.

거짓말이나 틀린 말을 습관적으로 하는 사람은 아무도 신뢰하지 않는다는 것을 잊지 마라.

내 인품이 곧 내 운명이다.

Remember that your character is your destiny.

아주 오래 전 고대부터 동양과 서양에서 널리 회자되어 온 말이란다. 이 금언이 무엇을 의미하는지 쉽게 이해하기 위해, 미국의 상원의원인 존 매케인이 그의 책 「인격이 운명이다」에서 쓴 글을 여기에 소개한다.

우리의 삶을 행복하게 만들거나 불행하게 만드는 것은 다름 아닌 우리의 인품이다. 흔히 말하는 운명이라는 것은 전적으로 우리의 인품에 달려 있다. 그리고 그것은 우리의 선택에 달려 있다. 인품은 다른 누군가가 우리에게 줄 수 있거나 우리한테서 빼앗아갈 수 있는 것이 아니다. 원수가 우리에게서 훔쳐갈 수도 없거니와, 친구라고 해서 우리에게 선물할 수도 없다. 다만 다른 사람들은 우리가 옳은 선택을 할 수 있도록 격려해 주거나, 거꾸로 좌절시키려고 할 수는 있다. 선택하는 것은 바로 우리 자신이다.

누가 지은 것인지는 알려져 있지 않지만, 이런 시도 있단다.

네 생각을 잘 살필지니, 생각은 말로 드러난다.
네 말을 잘 살필지니, 말은 행동으로 나타난다.
네 행동을 잘 살필지니, 행동은 곧 습관이 된다.
네 습관을 잘 살필지니, 습관은 곧 인품이 된다.
네 인품을 잘 살필지니, 인품은 곧 운명이 된다.

우리는 많은 혜택 속에 살면서도
그것을 깨닫지 못할 때가 많다.
Our best blessings are often the least appreciated.

정전으로 오랫동안 집에 전기가 들어오지 않아 고생해 본 적이 있니?
만일 그런 경험을 했다면, 전기 없이 생활하는 것이 얼마나 불편한지
알 거야. 그러나 평상시에는 전기를 자유롭게 쓸 수 있다는 것을 아주
당연한 일로 받아들이지. 우리가 날마다 전기를 편리하게 쓰기까지
에는 참으로 많은 전문 기술자와 노동자들이 정성을 다해 일하고 있
다는 사실을 알아야 해. 전기를 발명한 과학자가 없었다면, 또 전기를
일으켜 우리 집으로 회사로 공장으로 안전하게 보내 주기 위해 땀 흘
려 일하는 사람들이 없다면, 우리는 어둠을 밝히는 등을 켤 수도 없고
냉장고 같은 가전제품이나 컴퓨터를 쓸 수가 없지.

비단 전기뿐만이 아니지. 우리가 매일매일의 일상에서 얼마나 많은
문명의 혜택을 누리며 사는지는 조금만 헤아려 보면 깨달을 수 있을
거야. 그리고 거기에는 참으로 많은 사람의 헌신이 이어지고 있음을
잊지 말고 고마워하면 좋겠구나.

너희를 둘러싼 이 세상으로부터, 그리고 부모님으로부터 얼마나 많
은 혜택을 받아 왔는지 한번 헤아려 보렴.

아름다운 눈을 갖고 싶으면 다른 사람들에게서 좋은 면을
보라. 아름다운 입술을 갖고 싶으면 친절한 말을 하라.
아름다운 자세를 갖고 싶으면 결코 혼자가 아님을 생각하며
걸어라.

For beautiful eyes, look for the good in others;
for beautiful lips, speak only words of kindness; and
for poise, walk with the knowledge that you are never alone.

할리우드의 황금기에 영화계와 패션계의 아이콘으로 활동했던 오드
리 헵번은 미국 영화사에서 세 번째로 위대한 여자 연기자로 꼽힌다.
그는 또 박애주의자로 세계 곳곳을 다니며 어려운 약자들을 돕는 봉
사 활동을 했단다. 그의 지혜와 선의가 담긴 이 격언이 진정한 아름다
움은 선하고 친절한 생각과 다른 사람들을 향한 따뜻한 마음에서 나
온다는 것을 일깨워 주는구나.

감사하는 마음은 가장 위대한 덕목이고, 나아가
다른 모든 덕과 선행의 어버이다.

A thankful heart is not only the greatest virtue, but
the parent of all the other virtues.

미국에서 크리스마스와 더불어 가장 큰 명절로 꼽는 추수감사절은 그
기본 정신이 바로 '감사하는 마음'이란다. 추수감사절은 풍년이 든 것
을 기뻐하며 감사하는 종교 전통에 그 역사적인 뿌리를 두고 있어.

1621년에 플리머스(지금의 매사추세츠 주)의 백인 정착민들은 왕파노
아그 인디언 부족민들과 함께 가을 추수 축제를 가졌는데, 이것이 식
민지 아메리카 대륙에서 가진 첫 번째 추수감사절 축제였어. 그때로
부터 200년이 넘도록 추수감사절은 몇몇 주에서만, 그것도 저마다
다른 날짜에 다른 방식으로 지켜 왔지. 그러다가 1863년, 남북전쟁 와
중에, 에이브러햄 링컨 대통령이 추수감사절을 축일로서 해마다 11월
에 지킬 것을 선포함으로써 비로소 나라의 공식적인 명절이 되었다는
구나.

우리나라의 추석 명절도 수확의 기쁨을 기린다는 점에서 미국의 추
수감사절과 얼마쯤 비슷하지.

고마움을 느끼면서 표현하지 않는 것은
선물을 포장하고서도 주지 않는 것과 같다.
Feeling gratitude and not expressing it is like
wrapping a present and not giving.

누군가에게 고마움을 느끼면 반드시 그 사람에게 알맞은 방법으로
표현해야 한다고 강조하는 이 격언에 공감하리라 믿는다. 이 격언
을 쓴 사람은 미국의 언론인 윌리엄 아서 워드(1921-1994)인데
그는 우리의 마음과 생각을 자극하는 훌륭한 어록을 많이
남긴 것으로도 유명하단다.

말하기 전에, 잘 들어라.
글 쓰기 전에, 생각하라.
소비하기 전에, 먼저 벌어라.
투자하기 전에, 조사하라.
비난하기 전에, 미루며 기다려 보라.
기도하기 전에, 용서부터 하라.
그만두기 전에, 노력하라.
Before you speak, listen.
Before you write, think.
Before you spend, earn.
Before you invest, investigate.
Before you criticize, wait.
Before you pray, forgive.
Before you quit, try.

이 지혜로운 격언 또한 윌리엄 아서 워드가 만든 것이란다. 이해하기 쉬워서 설명이 필요없겠지. 너희가 말하려 할 때, 글을 쓸 때, 돈이나 물건을 쓸 때, 무엇에 대해서 또는 누군가를 비판하려 할 때, 하던 일이나 배우던 것을 그만두려고 할 때, 그럴 때마다 이 짧막한 경구들을 되새겨 보면 좋겠구나.

건강한 신체에 건강한 정신이 깃든다.

Sound mind in a sound body.

건강한 신체는 말 그대로 자기의 몸이 건강하고 온전한 상태를 말한다. 건강한 정신은 마음에 아무런 문제가 없는 상태를 말하지. 그런데 건강한 정신을 지니려면 먼저 마음뿐만 아니라 몸에도 아무 문제가 없어야 한단다.

이 격언은 옛날 영국의 철학자인 존 로크(1632-1704)가 한 말인데, 우리가 건강한 생각을 하려면 먼저 몸이 튼튼하고 건강해야 한다는 것을 강조하고 있어. 부디 건강을 위해 늘 신경 쓰고, 건강한 몸과 함께 건강한 정신을 유지하기를 바란다.

과거에 어떤 일이 있었든, 가장 멋진 일은 아직 오지 않았다.
Whatever with the past has gone,
the best is always yet to come.

이 희망찬 격언은 19세기 미국의 시인 루시 라콤이 한 말이란다.

루시 라콤은 열한 살 어린 나이에 고향을 떠나 다른 도시에 가서 방적공장에 취직했어. 그곳에서 스물한 살 때까지 공장 노동자로 일하는 동안, 소녀 루시는 집에 좀 더 많은 돈을 보내려고 부업으로 글을 열심히 썼지. 자신이 공장에서 일하면서 사는 이야기를 소재로 수많은 시와 노랫말과 편지를 썼고 그것을 신문과 잡지에 게재하고 책으로도 냈단다. 이때 루시 라콤이 쓴 글들은 19세기 미국 뉴 잉글랜드 (영국에서 건너온 이주민이 처음 정착한 곳이자 미국 독립운동의 중심지였던 북동부 지역으로, 매사추세츠 주, 코네티컷 주, 로드아일랜드 주, 버몬트 주, 메인 주, 뉴햄프셔 주의 여섯 개 주) 지역 어린이들의 생활상을 가장 잘 묘사한 글로 꼽힌다는구나. 그리고 루시 라콤의 책 「뉴 잉글랜드에서 보낸 소녀 시대」는 지금도 미국에서 초기 미국의 어린이들의 삶을 연구하는 데에 중요한 참고 자료로 자주 이용되곤 해.

루시 라콤은 어린 나이에 세상으로 나아가 힘든 생활을 해야 했지만, 자신의 그런 처지에 순응하지는 않았어. 어려운 처지에서도 언제나 밝은 미래를 내다보며 희망을 품었고, 결국 성공을 이루었단다.

아직 오지 않은, 곧 다가올 가장 멋진 일을 꿈꾸자꾸나.

더욱 행복하리라 속삭이며,
희망이 새해 문턱에서 웃음 짓는다.
Hope smiles from the threshold of the year to come,
whispering it will be happier.

영국의 시인 알프레드 테니슨(1809-1892)이 쓴 글에서 뽑은 말이야.

새해 첫날은 모든 것을 새롭게 시작하는 아름다운 날이다. 이 날, 우리는 꿈과 소망을 성취하기 위하여 스스로를 북돋우며 풍요로운 마음과 활기찬 기운으로 힘을 다해 노력하겠다고 다짐한다.

새해 첫날을 시작하는 것은 새로운 책 한 권을 여는 것과 같단다. 이 책의 종잇장들은 아직 비어 있고, 이제 우리는 그 빈 종이에 우리 자신의 글을 적어 나가게 되겠지. 우리가 무언가를 쓰기를 기다리고 있는 이 '새해의 책'에다 먼저 목표를 세워서 적어 나가면 어떨까. 새해를 위한 굳은 결심과 각오를 써 보는 것도 좋겠지.

깊이 생각해 보고서 올해 무엇을 하면 좋을지, 무엇을 이루고 싶은지 찾아보거라. 목표란 자신의 삶이 나아갈 길을 밝히는 것이란다. 자신의 목표를 글로 적되, 성취하고 싶은 것을 하나하나 분명하게 써 나가는 것이 좋단다. 목표를 몇 단계로 나누어, 쉽게 이룰 수 있는 것부터 시작해서 단계를 차츰 높여 더욱 큰 목표를 향해 발전시켜 나가는 것도 방법이란다. 그리고 각 단계의 목표를 완성할 때마다 자기 자신을 칭찬해 주는 것도 잊지 마라. 이런 방법으로 해 나가면 성공하게 될 거야.

새로운 꿈을 꾸며 목표를 세우는 너희를 온 마음으로 응원한다.

다른 사람에게 선행을 베풀면 반드시 자신에게 돌아온다.

Every good deed we do for others will surely come back to us.

이솝우화 이야기를 하나 들려주마. 이 우화를 읽으면서 이 격언의 뜻을 새겨 보면 좋겠구나.

햇볕이 따갑게 내리쬐는 더운 날이었다. 개미 한 마리가 목이 말라서 물을 마시러 연못에 갔다. 이 불쌍한 개미는 물을 마시다가 그만 균형을 잃고는 물속에 빠지고 말았다. 연못 근처 나무에서 한 비둘기가 이 광경을 내내 지켜보고 있었다. 개미가 물속에서 빠져나오려고 허우적거리자, 비둘기는 이 작은 개미가 안쓰러워서 나뭇잎을 뜯어 연못에 떨구어 주었다. 다행히 나뭇잎은 개미 가까이에 떨어졌고, 개미는 나뭇잎에 올라타 연못가로 나왔다. 개미는 자기를 도와준 비둘기에게 고맙다고 인사했다.
　몇 달 뒤, 개미가 연못 근처에 갔을 때 심술궂은 사냥꾼이 총을 들고 있는 것을 보았다. 사냥꾼은 나무 위에 앉아 있는 비둘기를 겨냥하고 있었다. 그러나 비둘기는 전혀 눈치를 채지 못했다. 사냥꾼이 비둘기를 향해 막 총을 쏘려고 하는 찰나에 개미는 사냥꾼 다리에 올라가 힘껏 깨물었다. 그 순간 사냥꾼이 아파서 소리를 지르는 바람에 다행히 총알이 빗나갔다. 총소리에 놀란 비둘기는 자신에게 닥친 위험을 알아차리고는 멀리 날아가 버렸다. 얼마 뒤 비둘기는 개미를 만나 고마움을 표시했다.

남을 위해 좋은 일을 하면 언젠가 그것이 우리 자신한테 다시 돌아온다는 것을 이 할아버지는 이때껏 살아오면서 실제로 많이 경험했단다. 그런데, 그런 것을 떠나서, 작은 일이라도 다른 사람을 돕고 나면 마음이 뿌듯해지고 보람을 느끼게 되지. 그런 즐거움과 보람을 느끼는 것만으로도 우리는 충분한 보상을 받은 셈이라고, 할아버지는 생각해.

빈 자루는 똑바로 서지 못한다.

It is hard for an empty bag to stand upright.

빈 자루가 똑바로 설 수 없다는 것은 설명할 필요도 없이 빤한 일이다. 자루는 그 안에 무언가를 채워 넣어야만 바로 설 수 있지, 아무것도 들어 있지 않으면 힘없이 주저앉으니 말이다. 그런데 사람도 감정적으로나 정신적으로 빈 자루처럼 될 수 있단다. 도덕이나 윤리가 없는 사람, 지식을 갖추지 않은 사람은 스스로 서 있지 못하고 빈 자루처럼 쓰러질 수밖에 없어. 그러니 우리는 두 발로 단단히 설 수 있도록 도덕적이고 윤리적인 바탕을 갖추도록 노력해야겠지. 사람이 사는 데에서 지식을 쌓고 오래 남을 가르침을 배우는 것은 필수란다.

지나치게 욕심부리는 것은 현명하지 못하다.
It is not wise to be too greedy.

지나친 욕심을 탐욕이라고 하지. 탐욕에 눈이 멀어 일을 그르치고 심지어 자기 자신까지 망가뜨리는 예가 참으로 많단다. 다들 잘 아는 이솝우화 이야기가 욕심을 지나치게 부리는 것이 얼마나 어리석은 짓인지 보여 주는구나.

어느 개가 고기 한 점을 얻어서 그 고기를 물고 집으로 가던 중이었다. 도중에 개울을 가로지르는 나무다리를 건너다가 문득 물에 비친 자신의 모습을 보았다. 물에 비친 자신의 그림자를 보고서 그곳에 다른 개가 고기를 물고 있구나 생각했다. 개는 그 다른 개가 물고 있는 맛있는 고기를 뺏으려고 물 위의 그림자를 향해 컹컹 짖었다. 그 순간 입에 물고 있던 고기를 그만 물속으로 빠뜨리고 말았다.

부디 늘 현명하길 바란다.

"모른다"거나 "미안하다"고 말하는 것을 두려워하지 마라.
Don't be afraid of saying, "I don't know" or "I am sorry."

누군가 우리가 대답할 수 없는 것을 물으면 "잘 모르겠습니다" 하고 말하는 것이 최선이다. 모른다고 해서 겸연쩍어하거나 당황할 필요가 없단다. 아무도 우리가 모든 것을 알리라고 기대하지는 않으니까. 오히려 아는 체하며 꾸며 내서 답하면 믿을 수 없는 사람이라고 꺼릴 거야. 사람들은 우리가 솔직하고 정직하게 자신의 의사를 표현하는 것을 값어치 있게 생각한단다.

마찬가지로 우리가 무언가 후회할 만한 행동을 했을 때에는 "잘못했습니다"라거나 "미안합니다" 하고 말해야 한다. 살다 보면 누구나 뜻하지 않게 실수를 하고는 하지. 그럴 때 "미안합니다" 하고 말하면 사람들은 우리를 나무라는 대신 책임감 있고 신뢰할 만한 사람으로 여긴단다.

솔직하고 예의 바른 사람은 누구나 좋아하고 존경하기 마련이다.

마음 먹은 일들을 모두 이루기를.
모든 일이 뜻한 대로 이루어지기를.
키가 성큼 자라고 훌쩍 성장하기를.
Accomplish that in your heart.
Fulfill ten thousand things according to your will.
Quickly grow taller and become bigger.

중국인들이 새해에 많이 쓰는 인사말 가운데서 할아버지가 따로 뽑아
본 것이란다. 중국과 대만도 우리나라처럼 음력 1월 1일을 새해 첫날
로 삼는단다. 곧, 이 날에 설을 쇠는 거지.

음력의 본디말은 '태음력'이라고 해. 달의 움직임을 기준으로 한 달
력이라는 뜻이란다. 반면에, 지금 세계에서 널리 쓰이는 양력(태양력)
은 태양을 기준으로 한 달력이지. 태양력은 옛 로마제국이 만든 달력
체계이고, 태음력은 고대 중국에서 만든 달력이란다. 그런데 중국의
태음력은 달과 태양의 움직임을 모두 고려해서 만들었기 때문에 정확
하게 말하면 태음태양력이란다.

우리는 음력 1월 1일을 설날이라고 하는데, 중국에서는 '춘절'이라
고 해. 한 해를 시작하는 날인 만큼 중국에서도 춘절은 한 해 중 가장
크고 중요한 명절이란다. 떨어져 지내는 가족이 모두 한자리에 모이
고, 가족뿐 아니라 이웃과 친구들이 서로서로 복을 비는 덕담을 주고
받는단다. 이렇게 음력 설을 쇠는 곳은 우리나라와 중국, 대만 말고도
중국인이 많이 사는 싱가포르, 태국, 인도네시아, 말레이시아, 모리셔
스, 필리핀이 있단다.

나이를 한 살 더 먹을 때마다 몸과 마음이 건강하게 쑥쑥 자라기를
빈다.

욕심을 지나치게 부리면 아무것도 얻지 못한다.
Too much greed results in nothing.

이솝우화 가운데 가장 잘 알려진 "황금 알을 낳는 거위" 이야기를 다시 한 번 보면서 이 격언의 뜻을 새겨 보렴.

옛날에 놀라운 거위를 가진 남자가 있었다. 그 거위는 매일 아침 크고 아름다운 알을 낳았는데, 반짝반짝 빛나는 황금 알이었다. 아침마다 주인 남자는 거위가 낳은 황금 알을 거두어들였고, 황금 알 덕분에 나날이 더 부유해졌다. 그러나 남자는 만족할 줄 몰랐다. '저 거위 몸 안에는 황금 알이 잔뜩 들어 있겠지? 그렇다면 한꺼번에 몽땅 다 가질 수도 있잖아.' 이렇게 생각하던 남자는 어느 날 더 기다리지 못하고 거위를 잡아 죽였다. 그러나 거위의 몸 안에는 황금 알이 하나도 없었다. 남자는 후회하며 울부짖었다. "도대체 내가 무슨 짓을 한 거지? 이제 더는 황금 알을 얻을 수가 없게 되었어."

이 우화에 등장하는 남자는 한꺼번에 벼락부자가 되고 싶은 욕심에 자신이 날마다 받아 오던 혜택마저 잃어버렸다. 자신에게 주어진 축복과 혜택에 고마워하기는커녕, 탐욕에 눈이 멀어 그것을 제 손으로 없애 버리고 말았으니, 얼마나 어리석은가. 욕심이 지나치면 이처럼 '눈앞의 이익에 눈이 멀어서' 사리를 분별하는 힘을 잃고 어리석은 짓을 하기가 쉽단다.

절약이 연금보다 낫다.

Thrift is better than an annuity.

'연금'은 나이가 많아 은퇴한 뒤에 정부나 다니던 회사에서 받는 돈을 말한다. 우리나라는 국민연금이 있어 대부분의 사람이 나이가 들어 더는 일할 수 없게 되어도 평생토록 다달이 연금을 받는단다.

이처럼 노인이 되면 받게 되는 든든한 연금보다도 절약이 더 낫다고 하는 까닭은, 평소에 돈이나 물건을 아끼고 알뜰하게 쓰는 생활 태도가 경제적으로 안정되고 넉넉한 미래를 보장해 주기 때문이지. 그래서 세계 어디를 가나 절약을 강조하는 격언과 속담이 아주 많아. "제멋대로 낭비하면 가난에 울게 된다"는 스코틀랜드 속담이나, "숲 가까이 산다고 해서 장작을 낭비하지 마라"와 같은 중국 속담이 그 보기들이지.

절약하는 생활 방식은 오늘뿐 아니라 내일의 삶을 잘살기 위해서 아주 중요한 덕목이란다. 비단 너희 자신뿐 아니라, 사회 전체의 이익을 위해서도 절약하는 습관을 들이길 바란다.

응?
새로운
맛인데….

오늘보다 더 나은 내일을 위해 노력해라.
Make tomorrow better than today.

오늘 천 원을 아끼면, 내일은 오늘보다 천 원이 더 불어나지. 오늘 영어 단어 하나를 외우면, 내일은 오늘보다 더 많은 단어를 알게 되지. 오늘 피아노 연습을 열심히 하면 내일은 피아노를 한결 능숙하게 치게 되지. 오늘 좋은 책을 읽으면 내일은 지식과 교양을 좀 더 갖추게 되지. 오늘보다 더 나은 내일을 맞이하려면 오늘을 성실하게 열심히 살면 된단다. 그렇게 하루하루 노력해 나가면 나날이 아는 것이 늘고, 실력이 늘고, 현명해지고, 부유해질 거야. 오늘은 더 나은 내일을 이룰 기회의 시간이란다.

아무리 작고 사소한 것이라도 날마다 계획을 세워 실천하기를 바란다. 그러면 넉넉하고 행복한 내일을 맞게 될 거야.

낭비하지 않으면 부족함이 없다.
Waste not, want not.

옛날부터 부모가 자식들에게 들려주던 속담이야. 가지고 있는 것을 헤프게 쓰지 않으면 나중까지 오래도록 부족함을 겪지 않는단다. 다시 말해, 이미 가지고 있는 것을 현명하게 사용하면 가난을 막을 수 있다는 말이지. 이를테면 한 끼에 자기가 먹을 수 있는 분량만큼만 그릇에 담아 먹으면 음식을 낭비하지 않게 되지. 그릇에 음식을 담을 때 우선 조금만 담아서 먹고, 더 먹고 싶으면 그때 다시 더 담아 먹으면 된단다. 한번에 너무 많이 담았다가 다 못 먹고 남기면 아까운 음식을 버리게 되니까 말이야. 또 어렵게 번 돈을 꼭 필요하지 않은 일이나 원하지 않는 일에 쓰는 일도 없도록 해야 해.

낭비하지 않는 습관은 어릴 때부터 들이는 게 중요하단다. 무언가를 쓰거나 사기에 앞서 "낭비하지 않으면 부족함이 없다"는 말을 떠올리면 어떻겠니? 낭비하지 않는 생활 태도를 몸에 익히기를 바란다.

행복한 가정은 지상의 천국이다.

A happy family is but an earlier heaven.

행복한 가정은 우리 모두의 소망이다. 가정 그리고 가족. 그것은 우리에게 마음 푸근함과 사랑을 안겨 주는, 세상에 하나밖에 없는 온전한 안식처란다. 부모, 형제, 자매, 친척 들은 말하지 않아도 마음을 알 수 있는, 언제나 변함없는 사람들이지. 농담도 함께 나누고 사랑도 함께 나누는 살가운 사람들이지.

사랑하는 가족들과도 언젠가는 사랑한다는 말을 뒤로 하고 이별할 때가 온단다. 살면서 많은 것들이 우리를 바꿔 놓고는 하지만, 시작도 끝도 가족과 함께라는 사실만큼은 변함이 없다. 가족의 사랑은 삶에서 가장 큰 축복이야. 우리가 사랑하는 가족들을 믿고 그들에게서 희망을 얻기 위해, 지혜와 이해심을 발휘하려고 애쓰자꾸나.

가정의 행복을 찬탄하는 이 격언은 아일랜드의 문학비평가이자 극작가인 조지 버나드 쇼(1856-1950)가 남긴 말이야. 버나드 쇼는 1925년에 노벨 문학상을 받을 만큼 영향력이 큰 극작가였지. 신랄하면서도 재치 있는 독설과 명언을 많이 쏟아낸 것으로도 유명한데, 자신이 직접 쓴 "우물쭈물하다 내 이럴 줄 알았지"라는 묘비명이 특히 유명하단다.

긍정적인 마음이 행복과 기쁨과 건강과 좋은 결과를 부른다.
A positive mind anticipates happiness, joy, health and
favorable results.

긍정적인 사고란 어떤 일의 밝은 면을 보는 마음 자세이지. 그런 마음을 지니면, 성공할 것이다, 성취할 것이다, 바람직한 결과를 얻을 것이다, 하는 자신감이 생겨난단다. 사람들은 대개 성공이나 성취 같은 말에 대해 진지하게 생각하지 않는데, 그것은 그 말의 진정한 의미를 모르기 때문이야. 아니면 자신의 사고방식을 어떻게 바꿔야 할지 몰라서 그러기도 하지. 아무튼 할아버지는 긍정적인 사고가 지혜로운 삶의 태도라고 생각한단다.

어떤 블로거가 들려준 이야기를 소개하마. 긍정적인 사고가 삶에 어떤 영향을 미치는지 이 이야기가 잘 말해 준단다.

한 청년이 새 일자리에 지원했다. 그는 취업이 될지 안 될지 확신하지 못했다. 그래서였을까, 면접하는 날 청년은 그만 늦잠을 잤다. 더 끔찍한 일은, 입고 가기로 맘먹은 셔츠는 더러웠고 다른 셔츠는 다림질이 안 돼 있다는 사실을 뒤늦게 깨달은 것이었다. 할 수 없이 그는 마구 구겨진 셔츠를 입고 집을 나섰다. 면접하는 동안 내내 그는 긴장한 나머지 부정적인 태도를 내보였다. 셔츠가 신경이 쓰였고, 늦잠으로 아침을 굶어 배가 고팠던 탓에 정신이 산만해져서 면접에 집중하지 못했다. 그의 모습은 나쁜 인상을 남겼고 결국 취업에 실패했다.

같은 일자리에 지원한 또 다른 청년이 있었다. 그의 대응 방식은 좀 달랐다. 취직이 될 거라고 믿음을 가졌던 것이다. 면접을 앞둔 한 주일 동안 그는 면접을 잘 통과해서 취직이 되는 상황을 자주 떠올리곤 했다. 면접 전날 저녁에는 입고 갈 옷을 손질해 걸어 두고 일찍 잠자리에 들었다. 면접 날은 다른 때보다 좀 일찍 일어나 느긋하게 아침을 먹고 약속 시간보다 일찍 가서 면접 장소에 대기했다. 그는 좋은 인상을 주어서 취직이 되었다. 그 일을 할 자격을 충분히 갖춘 청년이었던 것은 말할 필요도 없다.

이 두 청년 이야기에서 너희는 무엇을 배웠니? 무슨 일에든 긍정적인 자세로 임하면 마음이 즐거워지고 바라는 대로 이루어지리라는 기대감이 차오른다. 그러면 표정이 환해지고 기운이 난단다. 어깨를 펴고 걷게 되고 힘찬 목소리로 이야기하게 된단다. 태도는 마음에서 나오기 때문이지.

긍정적인 생각은 보이지 않던 것도 보이게 해 준단다. 그러면 불가능한 것을 이룰 수 있게 되지.

언제나 햇빛을 향해 서라. 그러면
그림자는 네 등 뒤에 떨어질 것이다.
Keep your face always toward the sunshine—
and shadows will fall behind you.

미국의 시인 월트 휘트먼(1819-1892)이 만든 격언이다. '햇빛'은 삶의
긍정적이고 밝은 면을, '그림자'는 나쁜, 부정적인, 어두운 면을 비유
하는 말이야. 삶의 긍정적인 측면을 바라보며 살면 부정적인 면이 우
리에게 많은 영향을 미치지 못하게 된단다. 우리는 그것들을 등지고
서 있으니까, 알아채지 못하고 넘어갈 수 있을 거야. 언제나 삶의 밝
은 쪽만 바라본다면 우리는 걱정이나 어려움에 시달리지 않을 거야.
　착하게 살고 좋은 생각만 해라. 나쁜 일이 생기지 않을까 걱정하지
말고, 언제나 희망을 가지고 좋은 쪽으로 생각하며 살기 바란다.

불가능이란 바보들의 사전에만 나오는 낱말이다.

Impossible is a word only to be found in the dictionary of fools.

나폴레옹 보나파르트(1769-1821)가 프랑스의 황제 자리에 있을 때 남긴 유명한 금언이다. 그 뒤로 수많은 사람이 되풀이해서 이 말을 인용해 왔단다. 애초에 나폴레옹이 이 말을 한 것은 자신의 유럽 정복 계획이 막연한 야망이 아니라 진정으로 바라고 이루고야 말 목표임을 국민들에게 강조하기 위해서였어. 그러나 사람들은 이 말을 의지만 굳으면 불가능할 게 없다는 뜻으로 즐겨 인용한단다.

어리석은 사람들은 실패가 두려워서 불가능하다는 이야기를 자꾸 강조하지만, 성공을 위해서는 실패 가능성에 과감히 맞서는 용기가 필요해. 앞에 나오는 "뜻이 있는 곳에 길이 있다"는 격언도 비슷한 의미란다.

이 안에
봄이 있나보다.

봄은 가장 좋은 시절. 오월에는 무엇이든 이룰 수 있다.
The world's favorite season is the spring.
All things seem possible in May.

미국의 사진가이자 작가인 에드윈 웨이 틸(1899-1980)이 한 말이다. 5월, 향기롭고 꽃이 만발하는, 계절의 여왕이라고 부르는 달이지. 5월에 태어난 아이들을 축하하는 의미에서 5월에 관한 토막 상식을 들려주마.

　5월의 보석은 에메랄드, 5월의 꽃은 은방울꽃이란다. 오월을 뜻하는 영어 메이May는 그리스 여신 마이아Maia에서 나온 이름이야. 우리나라 같은 지구의 북반구에서는 5월은 축제의 달이기도 하지. 꽃은 봉오리를 활짝 열고, 곡식은 싹을 틔우기 시작하고, 날씨는 따뜻하고 보드라워 더없이 좋은 때가 바로 5월이야.

　너희 곁에 펼쳐진 5월의 아름다운 세상을 즐기기를.

끊임없이 떨어지는 물방울에 바위가 패인다.
Constant dripping hollows out a stone.

옛 로마제국의 시인이자 철학자인 티투스 루크레티우스 카루스(기원전 99-기원전 55)가 남긴 유명한 격언이란다. "낙숫물이 댓돌을 뚫는다"는 우리 속담도 있지. 처마 끝에서 떨어지는 빗물의 힘에 그 밑에 놓인 댓돌에 구멍이 패인다는 말이야. 옛 한옥은 마루 앞에 댓돌을 계단같이 놓아 그것을 딛고 마루에 올라가게 했단다.

빗물은 여리지만 한곳에 꾸준히 떨어지다 보면 언젠가 바위처럼 단단한 것도 뚫을 수 있단다. 산에 가면 큰 바위를 뚫고 지나간 구멍을 볼 수 있을 거야. 어쩌다 바위에 그런 구멍이 생겼을까? 바로 "끊임없이 떨어지는 물방울"의 힘이지. 이처럼 물이 어느 한 지점에 한 방울씩 끊임없이 떨어지면 긴 세월 뒤에 언젠가는 단단한 바위에도 구멍을 낼 수 있단다. "끊임없이 떨어지는 물방울에 바위가 패인다"는 이 격언은, 아무리 어려운 장애물이라 해도 꾸준함으로 마침내 이겨 낼 수 있다는 이야기야.

물이 돌을 닳게 할 수 있듯이 부드럽고 친절한 말이 상대방의 나쁜 감정을 녹일 수 있고, 물이 돌을 닳게 할 수 있듯이 어려운 과제를 붙들고 참을성 있게 씨름하다 보면 좋은 결과를 얻을 수 있고, 물이 돌을 닳게 할 수 있듯이 무엇이든 꾸준히 하다 보면 마침내 얻고자 하던 것을 얻을 수 있을 거야.

부드럽게, 참을성 있게, 꾸준히!

날마다 웃으면서 아침을 맞아라.

Welcome every morning with a smile.

이 말은 미국의 저술가 어거스틴 오그 만디노(1923-1996)가 쓴 어느 글의 첫 문장이란다. 그 글 전체를 옮겨 보마.

날마다 웃으면서 아침을 맞아라. 새 날은 조물주가 내려 준 또 하나의 특별한 선물, 어제 다 마치지 못한 일을 완성할 소중한 기회로 여겨라.

스스로 알아서 행동하는 사람이 돼라. 새 아침의 첫 한 시간에 성공과 긍정적인 행동의 주제를 설정하여 그 주제가 너의 하루 내내 울려 퍼지게 하라.

오늘은 결코 다시 오지 않는다. 하루의 첫 단추를 잘못 채우지 마라. 미적미적하면서 하루를 그냥 흘려보내서도 안 된다. 너는 실패하려고 태어나지 않았다.

반복적인 행위가 우리 자신을 만든다.
탁월함은 한두 번의 행동이 아니라 습관에 있다.
We are what we repeatedly do.
Excellence, then, is not an act but a habit.

이 격언은 우리가 무엇을 했는지에 따라 우리가 어떤 사람인지가 결정된다는 뜻이다. 우리의 행위가 우리의 존재를 규정한다는 말이지. 그런데 어쩌다 한두 번 무엇을 했다고 해서 그 행위가 우리를 만들지는 않는단다. 그 행위를 꾸준이 되풀이해서 몸에 밴 습관이 될 때 비로소 우리는 그런 행위를 하는 사람이 되는 것이란다. 이를테면 책을 읽는 습관이 독서가를 만들고, 시간 나는 대로 뛰는 습관이 마라톤 선수를 만드는 거지. 무슨 일에서든 뛰어난 사람이 되기를 바란다면 그 일에 통달할 때까지 그 일을 되풀이해야만 한다.

　이 격언은 고대 그리스의 철학자 아리스토텔레스(기원전 384-322)가 한 말이다. 아리스토텔레스는 인간의 삶의 목표는 행복을 얻는 것이며, 행복을 얻으려면 탁월함에 도달하기 위해 분투해야 한다고 믿었다. 우리가 마라톤에서 탁월한 경지에 이를 때까지 꾸준히 달리기를 연습한다면, 그래서 장거리 달리기를 연습하는 것이 우리의 습관이 된다면, 그 좋은 습관을 통해서 우리는 탁월한 마라톤 선수가 될 거야.

　어떤 분야에서든 뛰어난 사람이 되려면 그것을 날마다 꾸준히 연습하는 좋은 습관을 기르도록 해라.

처음에는 사람이 습관을 만들지만,
나중에는 습관이 사람을 만든다.
We first make our habits, and then our habits make us.

영국의 시인 존 드라이든(1631-1700)의 말이다. 어떤 일을 거듭하면
습관이 된다. 그러면 그 습관으로 우리가 평가받게 되지. 그만큼 습관
은 중요하단다. 좋은 습관은 우리를 더 나은 삶으로 이끌어 주고 목표
를 이루도록 도와주지만, 나쁜 습관은 상황을 악화시키고 종종 실패
의 원인이 된다.

　좋은 습관이 제2의 천성이 되는 데에는 한 달은 걸린다는 옛말처럼,
대체로 좋은 습관을 들이는 데에는 시간이 오래 걸린다. 그런데 나쁜
습관은 금세 몸에 배는 반면에 끊기는 매우 어렵단다. 나쁜 습관을 없
애 줄 좋은 습관을 기르기 전에는 나쁜 습관을 버리기가 참으로 어려
워. 나쁜 습관을 없애고 그것을 대신할 좋은 습관을 기르도록 애쓰자
꾸나.

건강한 몸은 마음만 먹는다고 얻을 수 있는 것도 아니고
돈으로 살 수 있는 것도 아니다.
Physical fitness can neither be achieved by wishful thinking
nor outright purchase.

행복한 삶을 살기 위해서는 무엇보다 건강해야 한다. 그래서 평소에
신체를 단련하고 운동을 하는 것이 매우 중요하단다.

　이 격언을 남긴 조셉 필라테스(1883-1967)는 요즘 인기 좋은 신체
단련 운동인 필라테스를 처음 고안하고 보급한 사람이야. 그는 타고
난 허약한 몸을 극복하기 위해서 운동으로 꾸준히 몸을 단련시켜 건
강한 몸을 얻었고, 필라테스라는 과학적인 신체 단련 운동법을 만들
어 내기까지 했단다.

　누구나 건강하고 날씬한 몸을 갖고 싶어 하지만, 생각만 하고 실제
로는 아무런 노력도 하지 않는 사람들이 많지. 그저 바라기만 해서는
원하는 목표를 이룰 수가 없단다. 건강하고 보기 좋은 몸을 위해서 운
동을 하겠다고 마음먹으면 행동에 옮겨서 규칙적으로 해야 해. 목표
를 달성하는 유일한 길은 날마다 꾸준하게 실천하는 것뿐이란다.

　즐겁게 운동하렴!

할아버지도
같이해요.

진정한 즐거움은 정신 활동과 신체 운동을 함께할 때
가능하다.
True enjoyment comes from activity of the mind and
exercise of the body; the two are united.

이 격언을 만든 알렉산더 폰 훔볼트(1769-1859)는 프로이센(독일 동북부에 있던 옛 왕국) 출신으로 지리학, 자연과학, 천문학, 동식물학 등 다양한 분야에서 큰 업적을 이룬 학자였어. 또 세계 곳곳을 직접 탐험한 것으로도 유명했단다. 그런 그가 이 격언을 통해 정신과 신체 활동이 균형을 이루어야 한다고 강조한 것은 아주 당연해 보인다.

훔볼트의 격언처럼, 행복하고 건강하게 살기 위해서는 정신 활동과 신체 운동이 똑같이 중요하단다. 만일 우리가 하루 종일 책만 읽거나 음악만 듣는다면 결국 몸이 허약해지고 말 거야. 거꾸로 만일 공부나 책 읽기는 하지 않고 육체적인 활동에만 매달린다면 우리의 정신은 쪼그라들어서 어떤 지식도 담을 수 없게 되지 않겠니.

학생들은 정신 활동을 활발하게 유지하면서 많은 시간을 보내지. 날마다 학교에서 공부하고 책을 읽으니까 말이야. 그것은 물론 좋은 일이고 꼭 필요한 일이야. 학교에서 또 신체 건강을 위해 체육 수업도 받지만 그것만으로는 충분하지 않단다. 그 대신 일상생활에서 신체 운동을 할 수 있어. 걷기, 뛰기, 집안일 돕기, 주말농장에서 밭일하기 같은 활동은 몸을 계속 움직여서 신체 건강을 지킬 수 있는 좋은 방법들이란다. 만일 따로 운동할 시간이 없다면 일상생활 속에서 몸을 움직이는 방법을 찾아보렴.

꾸준하게 정신과 몸을 단련하는 사람은 앞에 어떤 장애물이 나타나도 수월하게 극복할 수 있단다.

가족의 사랑은 인생의 가장 큰 축복이다.
The love of a family is life's greatest blessing.

우리의 삶은 가정에서 시작된다. 가정은 우리가 선택하는 것이 아니라 신이 주신 것이다. 할아버지 할머니, 어머니 아버지, 형제자매 그리고 사촌 들이 항상 너희와 함께할 것이다. 그들은 너희 편에 서서 사랑과 이해로 평생을 함께할 것이다. 늘 이 말을 가슴에 새기고 가족들의 사랑에 감사하거라. 가정은 신이 우리에게 주신 가장 위대한 선물이다.

오늘 할 수 있는 일을 내일로 미루지 마라.
미루는 버릇은 시간을 훔쳐 가는 도둑이다.
Never do tomorrow what you can do today.
Procrastination is the thief of time.

이 말은 영국의 소설가 찰스 디킨스(1812-1870)가 우리에게 준 간곡한 조언이란다.

해야 할 일을 뒤로 미루는 것은 습관적인 부주의나 게으름 탓이다. 게으름은 어떤 것을 말할까? 꾸물거리면서 해야 할 일을 하지 않는 것이지. 미루는 버릇이 있는 사람은 아무것도 이루지 못하고 실패할 수밖에 없어. 어떤 사람들은 뭔가 대단한 일을 할 것처럼 큰소리를 치지만 그러고는 아무것도 하지 않는다. 게으르고 미루는 버릇이 있다면 아무것도 해낼 수가 없단다.

프랑스 작가인 쥘 르나르(1864-1910)는 이런 말을 했다. "게으름을 피우면 실패하는 것으로 끝나지 않고 다른 사람의 성공을 지켜보는 벌도 받게 된다."

게으름과 미루는 버릇이 너희의 귀중한 시간을 훔쳐 가는 일이 없도록 해라. 하루하루 힘차고 알차게 보내기 바란다.

책은 조용하고 변함이 없는 벗이요, 언제라도 만날 수 있는 현명한 조언자요, 참을성 많은 스승이다.
Books are the quietest and most constant of friends; they are the most accessible and wisest of counselors, and the most patient of teachers.

하버드대학 제21대 총장을 지낸 찰스 윌리엄 엘리엇(1834-1926)이 한 이 말에 누구나 동의할 거라고 믿는다. 책은 우리에게 지식과 정보와 흥미로운 이야기를 안겨 준다. 그러나 대부분의 책이 유익하지만 그렇지 않은 책도 있단다. 어려서는 선생님이나 부모님이 추천하는 책을 읽는 것도 좋은 방법이다. 그러다가 책을 많이 읽다 보면 이해력이 깊어지고 취향이 길러져서 스스로 선택할 수 있는 안목이 생긴단다.

아이의 세상을 넓혀 주는 방법은 여러 가지가 있지만
무엇보다 책을 사랑하게 하는 것이 가장 좋은 방법이다.
There are many little ways to enlarge your child's world.
Love of books is the best of all.

미국 제35대 대통령 존 에프 케네디의 부인 재클린 케네디(1929-
1994)가 한 이 말은 어린 시절에 책을 읽는 것이 얼마나 중요한지를
깨우쳐 준다. 그밖에도 책 읽기와 관련된 재미있고 의미 있는 격언들
이 많은데 그 가운데 몇 개를 소개하마.

"책은 우리 안에 있는 얼어붙은 바다를 깨뜨리는 도끼임에 틀림없다."
"나는 항상 천국이 도서관 같은 곳일 거라고 상상했다."
"책을 읽지 않는 사람은 절대 신뢰하지 마라."

흔히들 가을은 독서하기 좋은 계절이라고 하지. 날이 서늘하고 차
분해서 사색의 계절이라고 불리는 가을이 책 읽기에 그만이지만, 사
실 책을 읽는 데에는 계절이 따로 없단다. 여름에는 즐거운 독서로 더
위를 이길 수 있고, 겨울에는 재미있는 책을 읽다 보면 길고 긴 밤도
지루한 줄 모를 거야.

교육의 목적은 젊은이들로 하여금
평생토록 스스로 배울 힘을 갖게 하는 것이다.
The object of education is to prepare the young to educate
themselves throughout their lives.

미국의 교육 철학자로 시카고 대학 총장을 지낸 로버트 메이나드 허친스(1899-1977)가 남긴 말이란다.

학생들은 학교에서 언어, 수학, 과학, 지리와 같은 여러 가지 과목들을 배우지. 그런데 만일 선생님이 가르치는 것만 듣고 외우고 있다면 충분한 교육을 받고 있다고 말할 수 없단다. 물론 학교에서 배워야 하지만, 그와 더불어 혼자 힘으로도 공부할 수 있어야 한다는 말이야. 그러려면 공부하는 방법과 수단을 익혀야겠지. 알고 싶은 것을 어떻게 스스로 배울 수 있는지 진지하게 생각해 봐야 한다. 비유하자면, 누군가 이미 잡아 놓은 물고기를 얻기보다는, 스스로 물고기 잡는 법을 배워야 한다는 거지. 다른 사람에게서 물고기를 얻는 것은 그때그때 한 번밖에 할 수 없지만, 물고기 잡는 법을 알면 언제라도 원할 때 물고기를 구할 수 있으니 말이야.

선생님들에게서 배우는 것을 바탕으로 스스로 생각하고 새로운 생각을 발전시킬 수 있는 능력을 기르도록 해라.

사회에서 만나는 많은 사람은 모두가 중요한 사람들이다.
그들은 우리의 관심과 배려를 받을 자격이 있다.
In your careers, you will meet many people. All are significant.
They deserve your attention and care.

"지혜의 게시판(Board of Wisdom)"이라고 하는 웹사이트에서 의미 있고 좋은 글을 읽었단다. 여기에 소개하마.

대학에 입학하고 나서 둘째 달에 교수님은 우리에게 쪽지시험을 내주었다. 나는 문제들을 어렵지 않게 술술 풀어 내려갔다. 그런데 마지막 문제에서 막혔다. "학교 청소를 하는 아주머니의 이름은?"

나는 그 문제가 일종의 농담인 줄 알았다. 청소하는 아주머니를 몇 번보기는 했다. 키가 크고 검은 머리를 한 50대 아주머니였다. 하지만 내가 어떻게 그분의 이름을 알겠는가? 나는 마지막 문제의 답 난을 빈칸으로남겨 둔 채 시험지를 제출했다.

수업이 끝나기 직전에 한 학생이 마지막 문제가 시험 성적에 들어가느냐고 물었다. "당연히 들어갑니다." 교수님이 말했다. "여러분은 사회생활을 하면서 많은 사람을 만날 겁니다. 그들 모두 중요한 사람들입니다. 그들은 여러분의 관심과 배려를 받을 자격이 있어요. 웃으면서 '안녕하세요'라는 인사말 한마디라도 건네야지요."

나는 이 가르침을 결코 잊지 않았다. 그리고 그 아주머니의 이름이 도로시라는 것을 나중에 알았다.

이 이야기가 무엇을 말하려 하는지 이해하리라 믿는다.

모든 장애는 우리가 처한 상황을 개선할 기회를 준다.
Every obstacle presents an opportunity
to improve our condition.

"지혜의 게시판"이라는 웹사이트에서 발견한 또 다른 재미있는 이야기를 들려주마. 위의 격언과 관련된 이야기란다.

옛날에 한 왕이 도로 한가운데에 둥근 바위를 갖다 놓게 했다. 그러고는 몸을 숨기고 누가 그 큰 돌덩어리를 치우는지 지켜보았다. 부유한 상인들과 대신들은 그 바위를 돌아서 그냥 지나쳐 갔다. 많은 사람이 왜 바위를 치우게 하지 않느냐고 왕을 비난할 뿐, 아무도 바위를 길 밖으로 치우는 사람은 없었다.

한 농부가 채소를 한 짐 지고 걸어왔다. 농부는 바위에 가까이 이르자 제 짐을 내려놓고 바위를 길옆으로 옮기기 시작하더니 밀고 당기기를 여러 번 한 끝에 마침내 옮기는 데 성공했다. 농부는 다시 짐을 들고 떠나려고 하다가 바위가 있던 자리에 돈주머니가 놓여 있는 것을 보았다. 그 주머니에는 많은 금화와 함께 쪽지가 있었다. 길에서 바위를 치운 사람은 그 금화를 가져도 된다고 쪽지에 적혀 있었다. 왕이 쓴 글이었다. 농부는 많은 사람이 모르고 지나친 교훈을 배울 수 있었다! "모든 장애는 우리가 처한 상황을 개선할 기회를 준다."

공부의 최종 목표는 사회에 도움이 되는
훌륭한 시민이 되는 것이다.
All the end of study is to make you a good man and
a useful citizen.

미국의 제2대 대통령 존 애덤스(1735-1801)가 한 말이다.

 부모님과 선생님들은 너희가 열심히 공부하기를 기대한다. 너희가 열심히 공부해서 좋은 성적을 받기를 바란다. 하지만 공부를 열심히 하는 이유는 다만 좋은 성적을 얻기 위해서가 아니란다. 열심히 공부를 하다 보면 지식과 더불어 인내심, 절제력, 미덕과 같은, 우리가 인생을 잘 살아가기 위해 필요한 자질들을 갖추게 된단다. 성실하게 공부하는 것이 사회에 도움이 되는, 훌륭한 시민이 되는 길임을 부디 명심해라.

성공하기 위해서는 그 무엇보다 굳은 의지가 중요하다.
Your own resolution to succeed is more important
than any other.

많은 사람이 존경하고 좋아하는 미국의 제16대 대통령 에이브러햄 링컨(1809-1865)이 우리에게 남겨 준 격언이야.

부모님, 선생님, 친구 들은 우리에게 무엇을 하라거나 어떻게 하라고 조언해 줄 수는 있다. 하지만 우리에게 억지로 뭔가를 하게 만들수는 없단다. 아무도 우리 인생을 대신 살아줄 수는 없으니 말이다. 앞에 나오는 "하늘은 스스로 돕는 자를 돕는다," "말을 물가로 끌고 갈수는 있지만 물을 마시게 할 수는 없다"와 같은 격언이 강조하는 것처럼, 우리 스스로 열심히 노력하지 않으면 아무것도 이룰 수 없단다.

우리는 저마다 자기 인생의 주인이란다. 배의 선장이 되어서 스스로 열심히 노를 저어 가야 한다.

가을이다. 나뭇잎은 물들고, 산들바람은 상쾌하구나.
색색으로 울긋불긋한 단풍을 보라. 바야흐로 변화가
일어나고 있고, 희망이 대기 속에 퍼지누나.
Fall has arrived. Behold the changing leaves, and enjoy
the crisp breeze. Let your eyes take in the bursts of color.
Transformation is afoot, and hope is in the air.

누군지 모르지만 이 글을 쓴 사람은 가을을 맞이
해서 아름다운 계절을 찬양하며 우리에게 희
망의 메시지를 전하고 있구나. 너희는 열심히
공부하느라고 여념이 없겠지. 학생에게는 공부
가 가장 중요한 일일 테니 말이다. 그러나 틈틈이 휴식을 갖는 것도
필요하다. 맑은 가을 공기를 마시면서 나뭇잎들이 울긋불긋 변하는
풍경을 감상하기를 바란다. 그리고 대단한 날들이 오고 있다는 희망
을 마음속에 간직하기를….

<u>스스로 배우는 것이 내가 아는 유일한 교육이다.</u>
Self-education is the only kind of education there is.

좋은 선생님에게서 배우면 혼자 공부하는 것보다 더 빨리 더 넓게 배울 수 있는 것은 틀림없는 사실이다. 그러나 명심해라. 어떤 스승이든 우리가 우리 자신을 가르치도록 도울 뿐이라는 것을.

배울 마음이 없는 사람은 아무 것도 배울 수 없단다. 경험 많은 훌륭한 선생님들은 학생들이 마음을 활짝 열고 세상을 이해하도록 이끌어 줄 뿐이다. 그것도 배우고 싶어 하는 학생들만을 이끌어 줄 수 있다. 선생님이 아무리 훌륭해도 학생은 결국 스스로 깨우치는 거란다. 교육은 선생님이 가진 지식을 학생에게 전해 주는 단순한 일이 아니다. 학생 스스로 배워야 해. 그렇다면 학교가 왜 있을까 싶지? 학교는 우리를 가르치는 곳이 아니야. 어떻게 배워야 할지 방법을 보여주는 곳이지. 선생님이 한 가지를 알려 주면 우리는 백 가지 궁리를 해야 한단다.

이 격언은 미국의 작가이자 생화학자인 아이작 아시모프(1920-1992)가 한 말이란다.

중요한 것은 속도보다 방향이다.
Direction is so much more important than speed.

이 말을 맨 처음 한 사람이 누구인지는 알 수 없지만, 명언 중의 명언이라고 생각한다. 차를 잘못된 방향으로 빠르게 몰면 결국 길을 잃어버린다. 우리가 가려던 곳에서 멀리 멀리 떨어진 엉뚱한 곳에 가닿게 될 뿐이지. 그것은 시간 낭비, 돈 낭비, 노력 낭비지.

그래서 속도보다는 방향이 중요한 거야. 목표를 향해 빨리 달리고 싶니? 그럼 거기까지 어떻게 갈지, 우선 길을 잘 정해야 해. 그 다음엔 그 방향으로 잘 가고 있는지 확인하면서 나아가야 한다. 길만 제대로 잡았다면 얼마나 걸릴지는 중요하지 않단다. 언젠가 우리는 그곳에 틀림없이 도착해 있을 테니까 말이야.

언제나 올바른 길 위에 있기를 바란다.

한 번에 많은 것을 하려고 들지 마라.

Do not attempt too much at once.

이솝우화에 나오는 "소년과 개암나무" 이야기를 들려주마. 이 격언이 뜻하는 것이 무엇인지 잘 설명해 주는 재미있는 이야기란다.

어떤 소년이 개암나무(헤이즐넛) 열매가 가득 든 단지에 손을 집어넣고는 열매를 한껏 움켜쥐었다. 그렇지만 열매를 가득 쥐어 불룩해진 주먹을 단지에서 빼낼 수가 없었다. 소년은 손에 쥔 열매들을 도로 놓고 싶지 않은데 주먹이 빠지지 않아 그만 울음을 터뜨렸다. 그러자 옆에서 지켜보던 사람이 소년에게 말했다. "얘야, 네가 욕심을 너무 부렸구나. 지금 쥔 것의 절반만 쥐어라. 그럼 주먹을 빼내는 데 아무 문제도 없을 거야."

「이솝우화」는 고대 그리스에 기원전 620년부터 560년까지 살았다고 하는 노예이자 이야기꾼 이솝이 지어낸 우화 모음집이야. 어린이들에게 깨달음을 주고 사람이 지켜야 할 도리를 일러 주는 이야기들로 가득하단다. 이솝이 지어낸 우화들이 이토록 오랜 세월 사람들의 입에서 입으로 전해지는 것은 아마 우화마다 지혜로운 교훈을 담고 있어서일 거야. 우화가 어린이에게 가르침을 주는 짧은 이야기라는 건 알지?

"소년과 개암나무" 이야기가 말하려는 교훈을 잘 새겨 보기 바란다.

천국이란 도서관 같은 곳이리라고, 나는 늘 상상했다.
I have always imagined that paradise will be a kind of library.

아마 앞에서도 말한 적이 있을 거야. 어린이가 책을 사랑하게 되면 머리로 떠올릴 수 있는 자기만의 세상이 크고 넓어진다고. 책은 사람에게 온갖 지식과 정보를 가져다준다. 그래서 책을 읽으면 우리의 지혜와 지식이 그만큼 늘어나는 거야.

아르헨티나의 시인이자 소설가인 호르헤 루이스 보르헤스(1899-1986)가 한 이 말은 책 읽기가 얼마나 중요한지 강조하고 있어. 도서관에 가면 좋은 책이 얼마나 많이 꽂혀 있니. 책으로 가득한 세상에 머물러 있는 동안 편안하고 행복한 기분이 들 거야. 천국이 따로 없지.

부디 책과 친하게 지내거라.

평범한 선생님은 말을 해 주고, 좋은 선생님은
설명을 해 주고, 훌륭한 선생님은 몸소 보여주고,
위대한 선생님은 영감을 불어넣는다.
The mediocre teacher tells. The good teacher explains.
The superior teacher demonstrates. The great teacher inspires.

미국의 작가, 목사, 교육자로 활동한 윌리엄 아서 워드(1921-1994)는
이렇게 선생님을 네 가지 유형으로 나누었단다. 이 가운데 어느 유형
이든, 모든 선생님은 학생들을 길러 내는 중요한 일을 하는 분들이라
고 할아버지는 생각한다. 자라나는 학생들에게는 열심히 말을 해 주
는 선생님, 설명해 주는 선생님, 학생들로 하여금 보고 깨닫게 이끌어
주는 선생님이 모두 필요하지. 거기해 더해 영감을 불어넣어 주는 선
생님까지 만날 수 있다면 그건 정말 큰 행운이란다. 그런 선생님은 너
희가 창의적으로 생각하고 행동하도록 북돋아 주고 자극해 주니까 말
이야.

　학생을 인격체로 대해 주는 선생님, 가르치는 일을 아주 자랑스럽
게 여기는 선생님, 학생들에게 영감을 불어넣어 주려고 애쓰는 선생
님 들은 모두 위대한 선생님들이다. 너희 인생의 길잡이가 되어 줄 분
들이란다.

습관보다 강한 것은 없다.
Nothing is stronger than habits.

옛 로마제국의 시인 푸블리우스 오비디우스 나소(기원전 43년-서기 17년)의 말이다. 우리가 평소에 하는 아주 자연스러운 행동들도 잘 생각해 보면 다 습관에서 나온 것들이다. 이 격언은 바로 그런 점을 일깨워 주고 있어. 좋은 습관이 좋은 행동을 만든다는 거지. 중국의 철학자인 공자는 사람의 본성은 다 비슷한데, 습관이 그들을 다 다른 사람으로 만든다고 믿었어. 자랄 때에 좋은 습관을 기르는 게 얼마나 중요한지 알겠지?

혹시 나쁜 습관이 들지나 않았는지 이따금 돌아보고, 나쁜 습관이 생겼으면 버리도록 애써라. 그리고 좋은 습관을 기르기 위해 열심히 노력해라. 훌륭한 어른으로 성장하려면 꼭 필요한 일이다.

믿음, 존중심, 책임감, 공정성, 배려, 시민정신,
이 여섯 가지가 인간이 지녀야 할 중요한 덕목이다.
The six important patterns of personality that
every one can agree on are Trust, Respect, Responsibility,
Fairness, Caring and Citizenship.

이 격언은 조셉슨윤리연구소를 창립해 윤리와 인성 교육을 위해 힘쓰는 마이클 조셉슨(1942년-현재)의 글에서 인용한 말이다. 좋은 시민으로서 성공하는 삶을 살기를 바라는 사람이라면 누구나 위에 말한 여섯 가지 덕목을 이해하고 자기 것으로 만들려고 노력해야 한다고 믿는다.

믿음직한 사람이 되려면 어떻게 해야 할까?
무엇보다도, 정직하게 살아야 한다. 거짓말, 속임수, 도둑질은 절대 해선 안 된다.
한번 하겠다고 말한 것은 꼭 실천에 옮겨라.
남에게서 좋은 평가를 받으려고 노력해라. 진심으로 남을 대해라. 늘 너희 가정, 친구, 나라를 잊지 마라.

어떻게 해야 존중받는 사람이 될까?
남을 존중해라.
겸손한 태도와 고운 말씨를 보여라. 누구든 윽박지르지도 때리지도 마음을 다치게 하지도 마라.
분노, 모욕감, 의견 충돌을 평화로운 방법으로 삭여라.

어떻게 해야 책임감 있는 사람이 될까?

하기로 돼 있는 일은 꼭 해라. 미리미리 계획해라.

언제나 최선을 다해라. 자제심을 보여라.

다른 사람에게 모범을 보여라.

어떻게 해야 공정한 사람이 될까?

규칙을 지켜라. 차례를 지키고 무엇이든 독차지하려고 하지 마라.

마음을 열고 남의 말에 귀 기울여라.

모든 사람을 공평하게 대해라.

어떻게 해야 배려심 있는 사람이 될까?

언제나 남에게 상냥하게 대해라. 고마운 마음을 표현해라.

남을 용서해라. 처지가 어려운 사람을 도와줘라.

어떻게 해야 좋은 시민이 될까?

너희 학교, 네가 몸담은 집단의 발전을 위해 너희가 할 수 있는 일을 해라.

좋은 이웃이 되어라.

법과 규칙을 지켜라. 권위를 존중해라.

환경을 보호해라. 지역 사회의 일에 참여하고 봉사해라.

언제나 아침이 온다. 인생이 우리에게 뭔가 더 잘해 볼
새로운 기회를 주는 시간이다.
There is always morning where life gives us
another opportunity to make things good.

소설 「백년 간의 고독」으로 1982년에 노벨 문학상을 받은 콜롬비아
의 소설가 가브리엘 가르시아 마르케스(1928-2014)는 말년에 암이 악
화되자 작가로서의 활동을 그만두면서 친구들에게 작별 편지를 썼다.
그 글이 어찌나 감동적인지, 짧게 간추린 요약본이 인터넷에 소개되
어 많은 사람이 돌려 보며 인용하고 있어. 이 말은 바로 그 편지에서
뽑은 거란다. 날마다 새 아침을 맞는 건 무엇이든 새롭게 더 잘해 볼
새로운 기회를 맞이하는 것과 다름없다는 그의 이야기를 잘 새겨 보
기 바란다.

그 뒤에 이어서 쓴 글도 함께 소개하마.

당신이 소중하게 여기는 사람들과 늘 가까이하세요. 그리고 그들에게 말
하세요. 당신에게 그들이 얼마나 필요한 존재인지, 당신이 그들을 얼마나
사랑하고 애틋해하는지를.

소중한 사람들을 아끼고 사랑하는 마음을 늘 표현하며 살자.

성실함은 행운의 어머니다.

Diligence is the mother of good luck.

아무 노력을 하지 않아도 행운이 저절로 찾아온다고 생각하는 사람들도 있겠지. 그렇지만 벤저민 프랭클린은 그렇지 않다고 말한다. 하늘에서 뚝 떨어지는 행운은 이 세상에 아예 없으며, 모든 행운은 사람이 열심히 노력한 결과라는 거지. 그렇단다. 성실하게 노력하지 않았는데도 행운이 거저 오는 법은 없단다.

　신중하게 계획하고 끈기 있게 변함없이 애쓰는 것이 성실한 사람의 모습이다. 그러면 성공을 향해 다가갈 수 있어. 이미 행운을 잡은 사람처럼 말이야.

새해 목표를 세우자.

Make New Year's goals.

한 해가 끝나고 또 새로운 한 해가 시작될 무렵이면, 주변에서 새해
계획과 목표를 세워야 한다는 말을 많이 들을 거야. 새해 계획과 목표
는 구체적이고 실질적으로 세워야 한단다. 미국의 심리학자이자 작가
인 멜로디 비티(1948-현재)의 이야기가 도움이 될 거 같아서 들려준다.

새해 목표를 세워 보세요. 새로 맞은 한 해에 어떤 일이 생기면 좋을지
마음속을 찬찬히 들여다보고 소망들을 알아내세요.

목표는 우리에게 방향을 알려 줍니다. 목표는 우리의 삶이 어느 쪽으
로 나아가야 할지 알려 줍니다.

올해 당신 인생에 어떤 일이 일어나면 좋을까요?

무엇을 이루고 싶어요?

특히 나아지고 싶은 부분이 있나요?

어떤 문제점이나 나쁜 성격을 없애고 싶은가요?

무엇을 이루고 싶어요? 사소한 것인가요, 중요한 것인가요? 어디로 가
고 싶은가요?

당신 가정에 어떤 일이 생기기 바라나요?

어떤 결정들을 하고 싶은가요?

그것들을 적어 보세요. 종이를 한 장 펼쳐 놓고 충분히 생각한 다음에
그것들을 모두 써 내려간 다음 선별하세요. 자, 됐습니다.

이제 새해가 펼쳐집니다. 책의 또 다른 새로운 장을 써 내려가야 합니다. 목표를 정하면, 이야기를 써내려가는 데 큰 도움이 되겠지요.

새해 첫날은 우리 모두의 생일이다.

New Year's Day is every man's birthday.

영국의 수필가 찰스 램(1775-1834)은 사람마다 생일이 두 개라고 말했어. 하나는 자기가 세상에 나온 것을 축하하는 날이고, 다른 하나는 새해가 시작하는 날이라는 거야. 그러니 두 번째 생일은 모든 사람이 같은 날에 맞게 되겠지? 새해 첫날을 무심하게 맞이하는 사람은 아무도 없을 거야. 자기가 태어난 날만큼이나 새해 첫날도 뜻깊게 맞이하지. 이 날은 지난 한 해를 돌아보고 새 출발을 꾀하는 날이기도 해. 새해 첫날을 맞이할 때면, 찰스 램이 한 말을 되새기면서 목표를 새로 정하고 자기 자신을 새롭게 하는 시간을 만들어 보렴.

누구나 생일이나 새해 첫날에 대한 즐거운 추억들이 많을 거다. 그날 받았던 소중한 선물들, 친구들과의 즐거운 모임이며 식구들과의 따뜻한 식사도 소중한 추억으로 남아 있겠지. 어린 시절의 추억과 가족의 사랑과 친구와의 우정은 평생 동안 사람의 마음을 따뜻하게 데워 준단다. 특히 생일이나 명절을 맞으면 어른들은 다시 어린 시절로 되돌아간 것 같은 기분을 맛보게 되지. 어린 시절에 아름다운 기억들을 가슴속에 많이 쌓아 두어라. 그것들이 네 마음속의 영원한 보석상자가 되어 줄 거야.

기회는 준비된 사람에게 찾아온다.
준비된 사람이 기회를 만날 때 행운이 찾아온다.
Be ready when opportunity comes.
Luck is when preparation and opportunity meet.

많은 사람이 기회와 행운에 대해서 이야기한다. 기회와 행운은 모두가 바라는 것이지만, 결코 우연히 찾아오는 법은 없다. 아메리칸 모토 기업의 최고경영자였던 로이 채핀 2세(1915-2001)가 말한 이 격언처럼, 우리가 기다리는 황금 같은 기회는 사실 우리 자신에게 달려 있단다. 행운 또한 마술 상자에서 갑자기 튀어나오는 것이 아니라 우리가 열심히 노력해서 스스로 만들어 내는 거야. 준비가 되어 있지 않으면 우리 앞에 다가온 기회도 놓칠 수 있단다. 우리의 노력으로 행운을 우리 것으로 만들어야 해. 남이 도와줄 수 있는 일이 아니란다.

옛 지혜의 말씀에는 더 열심히 일한 사람에게 더 많은 행운이 온다고 했다. 할아버지도 행운은 땀 흘린 대가로 얻는 달콤한 열매라고 굳게 믿는다. 더 많은 땀을 흘릴수록 열매는 더 달콤하겠지.

잘 준비된 사람이 기회를 만났을 때 행운의 꽃이 핀다는 것, 이것을 마음속에 새겨 두어라.

성공의 가장 중요한 열쇠는 자신감이고,
자신감의 가장 중요한 열쇠는 준비이다.
One important key to success is self-confidence.
An important key to self-confidence is preparation.

미국의 육상경기 선수이자 사회활동가인 아서 애시(1943-1993)가 자신의 경험을 바탕으로 한 말이다. 그래서인지 이 말에 깊이 공감하게 되는구나.

자신감을 기르는 데에는 여러 방법이 있지만, 흔들림 없는 진정한 자신감에 이르는 최선의 방법은 잘 준비하는 것이란다. 충분히 준비함으로써 얻은 자신감만이 우리를 성공으로 이끌어 준단다.

누구나 날마다 꾸준히 연습해서 실력을 기르면 충분히 준비했다고 할 수 있단다. 한꺼번에 몰아서 하거나 급히 서둘러 해서는 잘 준비했다고 할 수 없어. 앞에서 소개한 "연습을 통해서만 완벽해질 수 있다"는 격언을 생각하면 이 말을 쉽게 받아들이겠지.

다시 마음에 새겨 두어라. 꾸준히 연습해야 준비된 상태에 이를 수 있고, 준비가 되어야 자신감이 생긴다. 이렇게 얻은 자신감이 성공으로 가는 문을 활짝 열어 줄 거야.

홈런은 운 좋은 선수가 아니라 준비된 선수만이 칠 수 있다.
You hit home runs not by chance but by preparation.

미국의 야구 선수 로저 마리스(1934-1985)가 남긴 말이란다. 로저 마리스는 전설적인 야구 선수 베이브 루스가 34년 동안 이어 오던 한 시즌 60개 홈런 기록을 1961년에 깼어. 그 일로 야구 역사에 이름을 남긴 유명한 선수지. 로저 마리스의 61개 홈런 기록은 그 뒤 1998년에 마크 맥과이어와 새미 소사가 깰 때까지 37년 동안 이어졌단다.

"홈런은 운 좋은 선수가 아니라 준비된 선수만이 칠 수 있다"는 이 유명한 말이 강조하는 것은, 기회가 찾아올 때 제대로 잡으려면 미리 준비가 되어 있어야 한다는 거야. 투수는 타자에게 여러 차례 공을 던지는데, 잘 준비된 타자만이 그중 홈런을 안겨 줄 공을 골라서 때릴 수 있단다.

준비된 사람만이 기회가 올 때 그 기회를 자기 것으로 만들 수 있어. 그게 인생에서 성공하는 비결이란다.

꼭꼭
숨어라,
머리카락
보인다.

매일 아침은 신선한 시작, 날마다 새로운 세상과 마주한다.
오늘은 새로운 날. 오늘은 나만의 새로운 세상이다.
오늘을 만나려고 이 순간에 이르려고 내 온 삶을 살아왔다.
이 순간, 이 날은 영원에 이르는 매 순간 속의 한 순간일 뿐,
나는 이 날, 이 날의 매 순간 지상의 천국처럼 살 것이다.
오늘밖에 없는 것처럼.
Every morning is a fresh beginning.
Every day is the world made new.
Today is a new day. Today is my world made new.
I have lived all my life up to this moment, to come to this day.
This moment—this day—is as good as any moment in all eternity.
I shall make of this day—each moment of this day—
a heaven on earth.
This is my day of opportunity.

미국의 목사이자 정신치료가인 댄 커스터의 글에서 뽑은 구절이다.
이 말은 새로운 날의 중요성을 말하고 있다. 매일매일이 새로운 시작
이자 기회라는 거지. 우리는 날마다 그날이 최고의 날이 되도록 최선
을 다해서 살아야 한다. 아무 의미 없이 하루를 흘려보내는 것은 어리
석은 짓이다. 옛 현인들은 오늘이 곧 선물이라고 했다.
　하루하루가 선물 같은 날이 되도록 열심히 살아라.

정말 중요한 것은 작고 세세한 것들이다.
작은 일들이 모여서 큰 일을 이룬다.
It's the little details that are vital. Little things make big things happen.

미국의 농구 선수이자 코치였던 존 우든(1910-2010)의 말이란다. 그의 말처럼 아주 작은 것들이 생각보다 훨씬 더 중요하단다. 작다고 소홀히 여기는 버릇은 크고 원대한 꿈을 이루는 데에 걸림돌이 되기가 쉬워. 그러니 무슨 일을 하든 작고 세세한 데까지 꼼꼼하게 살펴야 해. 예를 들어, 자동차를 만들 때 작은 나사를 하나라도 단단히 조이지 않거나 집을 지을 때 벽에 못 박는 것을 하나라도 잊는다면 그것 때문에 정말 큰 사고가 일어날 수 있단다. 다리를 세우면서 철기둥 하나를 제자리에 정확하게 놓지 않는다면 오래지 않아 그 다리는 무너지고 말 거야. 그림조각 짜맞추기는 조각이 하나라도 없으면 완성할 수가 없지.

　무슨 일이든지 대충 하지 말고 아주 작은 부분에까지 꼼꼼하게 주의를 기울이는 버릇을 들이도록 해라.

평범함과 위대함의 차이는
아주 작은 것에 주의를 기울이는 것에서 비롯된다.
The difference between something good and something great
is attention to detail.

찰스 R. 스윈돌(1934-현재) 목사가 말한 이 격언은, 무언가 위대한 일
을 이루고 싶으면 작고 사소한 것 하나하나에까지 세심하게 주의를
기울여야 한다는 말이다. 스윈돌 목사는 자신이 쓴 글에서 이를테면
맛있는 음식, 음악 연주, 놀이, 세차, 집안일, 옷차림, 직업, 정원 가꾸
기, 가정교육 등 우리가 평소에 하는 여러 가지 일들도 사소한 부분까
지 주의를 기울이는 것이 중요하다고 했단다.

어떤 일에서 최고가 되려면 건성으로 대충해서는 안 된다. 나중에
하겠다고 미루어 둔 일이 있다면 지금 그것을 꺼내서 끝까지 완성하
거라. 주어진 일은 미루지 말고 아주 작은 부분까지 완전하게 마무리
해야 한다.

재빠르게 움직이되, 서두르지는 마라.
Be quick, but don't hurry.

재빠르다는 건 아주 빠르고 경쾌하게 움직이는 것을 가리킨다. 상황에 대한 즉각적인 반응을 강조하는 표현이지. 서두른다는 건 급하고 바쁘게 움직이는 것을 가리키는 말이야. 안정을 잃어 편안하지 못하고 부자연스럽게 움직이는 모습을 나타내지.

위의 격언은 캘리포니아대학 로스앤젤레스 캠퍼스(유시엘에이 UCLA)의 전설적인 농구 코치인 존 우든이 한 말이야. 이 유명한 격언은, 재빠르게 움직이되 정확하게 움직이라고 강조하고 있어. 농구 경기 장면을 떠올려 보면 선수들에게 이 말이 얼마나 중요한지 쉽게 상상할 수 있을 거야. 우리의 실제 삶에서도 마찬가지란다. 재빠르지 못하면 경쟁에서 조금 불리해질 뿐이지만 서두르면 실수를 하기 마련이지. 중요한 것은 신속하되 성급해서는 안 된다는 거야. 균형을 잃지 않는 게 그 비결이다.

사람은 생각대로 된다.
We become what we think about.

자기계발 분야의 선구자이자 저술가인 얼 나이팅게일(1921-1989)이
한 말이다. 나라는 사람은 내 생각에 의해서 형성된다는 말이란다. 다
시 말해, 내가 생각하는 것에 따라서 나는 이런 사람이 될 수도, 저런
사람이 될 수도 있다는 거야.

  그렇지만 너희처럼 어린 학생들은 생각이 차차 여물어 가는 과정
에 이제 들어선 셈이지. 앞으로 수많은 기회와 가능성이 너희한테 다
가올 거야. 너희는 마음과 생각을 활짝 열고 그 기회를 맞이하되 어느
길이 자신한테 잘 맞는 길인지 신중하게 결정해야 해.

  자라는 동안 너희의 생각은, 꿈과 목표는 몇 번이고 바뀔 수도 있
단다. 장차 고등학교, 대학교, 대학원에 차례로 들어가서 공부를 하고
지식을 쌓다 보면, 앞날을 위한 너희의 꿈과 목표가 명확해질 거야.
언제나 옳은 것을 생각해라. 사람은 생각하는 대로 되니까 말이야.

긍정적인 생각은 당신을 산꼭대기까지 실어다 줄
힘찬 엔진이 달린 차와 같다.
The power of positive thinking is like a car with a powerful
engine that can take you to the summit of a mountain.

미국의 자기계발 저술가 레메즈 사순의 책에서 뽑은 이 경구는 긍정적인 생각이 큰 힘을 지닌다는 걸 뜻한단다. 자신감과 긍정적인 자세로, 어떤 일이든 "나는 할 수 있다"는 마음으로 마주하라는 거야. 사순은 할 수 있다는 뜻의 영어 'can'과 할 수 없다는 뜻의 'cannot'이 단 세 글자 차이밖에 없다는 재미있는 지적도 했단다. 그러나 고작 이 세 글자의 차이가 우리 인생이 나아가는 길을 달리 결정할 수 있다니 놀랍지 않니?

긍정적인 마음가짐은 우리 안에서 없던 힘도 솟아나게 한다. 그러면 할 수 없이 억지로 움직이는 게 아니라 꼭 해내겠다는 생각으로 스스로 앞서 나가게 되지. 부정적인 마음을 먹는 것은 마치 힘이 빠지는 약을 먹는 것이나 같다. 긍정적인 생각은 우리를 푸른 풀밭으로 이끌어 주지만 부정적인 생각은 우리를 헐벗고 거친 사막으로 끌고 간단다.

나는 실수를 교훈으로 삼을 뿐 결코 후회하지 않는다.
실수는 또 다른 배움의 길이며
실수에서 긍정적인 가르침을 얻을 수 있기 때문이다.
My mistakes are my lessons, I will never regret them;
because they are my way of learning, and I will always gain
something positive out of that.

살다 보면 크고 작은 실수를 저지르기 마련이다. 이 격언은 실수를 해도 부끄러워하지 말고 결과가 나빠도 너무 상심하지 말라며 우리에게 용기를 불어넣어 준다. 중요한 것은, 우선 시도해 보고, 실수를 하면 그 원인을 찾아내어 그것으로부터 배우는 자세다. 그러면 같은 실수를 되풀이하지 않을뿐더러 그 경험을 살려서 더 큰 성공을 거둘 수가 있단다.

세상일은 늘 공평하게 이루어진다는 확신을 가지려무나. 우리는 어떤 면에서는 부족할지 모르지만 저마다 나름의 장점과 재능을 갖고 있으니 말이야. 게다가 우리에게는 자신의 결점을 극복하고 다시 일어설 수 있는 힘도 있단다. 하지만 부정적이고 회의적인 눈으로 세상을 바라보면 우리가 가진 장점을 보지 못하고 놓칠 수도 있어. 긍정적으로 생각해야 한다. 성공은 우리의 반대편에 있는 것이 아니라 바로 우리와 같은 편에 있단다.

전화기를 발명한 알렉산더 그레이엄 벨(1847-1922)이 이런 말을 했지. "문 하나가 닫히면 또 다른 문 하나가 열린다. 하지만 우리는 종종 이미 닫혀 버린 문을 너무 오래 후회하며 바라보느라고 우리를 향해 열린 또 다른 문을 보지 못한다."
너희를 위해 열려 있는 문을 볼 수 있기 바란다.

멈추지만 않는다면 천천히 가도 괜찮다.
It does not matter how slowly you go
as long as you do not stop.

고대 중국의 위대한 철학자이자 사상가인 공자(기원전 551-479)가 한 말에서 뽑은 금언이다.

　우리의 목표 가운데 어떤 것은 빠른 시간에 쉽사리 이룰 수 있는 것도 있지만, 어떤 목표는 그것을 이루는 데에 몇 주, 몇 년, 또는 한평생이 걸릴 수도 있단다. 그래서 목표를 향해 꾸준히 나아가는 것이 무엇보다 중요하다. 멈추지 말아야 한다. 어떤 방해가 있어도 계속 앞으로 나아가야 한다.

우리의 여행은 세상에 태어나는 순간부터 시작된다. 우리는 소리와 글자를 배우고, 그 다음에는 그 두 가지를 연결하는 법을 배우고, 그 다음에는 쓰고 읽기를 배워서 마침내 풍부한 어휘를 사용하며 이야기와 시를 쓸 수 있는 능력을 갖게 된다. 그리고 과학과 수학 같은 과목들을 배워서 고등학교, 대학교, 대학원에 진학하고, 취직하고, 그 뒤에도 또 다른 목표를 향해 여행을 계속할 것이다. 그렇게 꾸준히 쉬지 않고 나아가면 언젠가는 목표에 다다르게 된다. '언제' 도착하는지는 중요하지 않다. 목표를 향해 가는 여행에서 실패란 오로지 포기하거나 멈추는 것일 따름이다. 신념을 갖고서 계속 나아가야 한다. 윈스턴 처칠이 말했듯이, "결코, 결코, 결코 포기하지 마라!"

"느려도 꾸준하면 경주에서 이긴다"는 것을 기억해라.

관광객이 아니라 여행자가 돼라. 새로운 것을 시도하고,
새로운 사람을 만나고, 눈앞에 있는 것 너머를 보라.
그것이 우리가 사는 이 경이로운 세상을 이해하는 열쇠다.
Please be a traveler, not a tourist. Try new things, meet new
people and look beyond what's right in front of you. Those are
the keys to understanding this amazing world we live in.

여행자와 관광객의 차이는 무엇일까? 역사학자 대니얼 제이 부어스
틴(1914-2004)은 여행자는 능동적으로 새로운 사람과 모험과 경험을
찾아다니는 사람이고, 관광객은 수동적으로 흥미로운
일이 일어나기를 기대하며 단순히 구경을 하러 다니는
사람이라고 정의했단다.

   미국의 방송인이며 작가인 앤드류 짐메른(1961년-현재)은 위의 경구
에서 우리에게 호기심 많은, 능동적인 여행자가 되라고 한다. 그래서
참으로 다양한 사람, 문화, 풍경, 일과 사건으로 가득한 이 세상을 되
도록 많이 경험하고 알아 가라고 말이야. 어디론가 여행을 갈 때뿐만
아니라 평소의 생활에서도 이런 여행자의 태도를 지니면 좋겠구나.
이를테면 새로운 것을 배우고, 새 친구를 사귀고, 늘 다니던 길 말고
다른 새로운 길을 가 보는 것처럼, 이전에 해 본 적 없는 새로운 것을
시도해 보려무나.

도전을 받아들여라. 그러면 승리의 즐거움을 맛볼 것이다.
Accept challenges, so that you may feel the exhilaration of
victory.

미국의 조지 S. 패튼(1885-1945) 장군이 한 말이야. 패튼 장군은 제2차
세계대전에서 빛나는 공을 세운 전쟁 영웅이란다.

살다 보면 더러 힘든 순간을 만나기도 한다. 어려움을 겪는 것은 힘
겹고 고생스럽지만, 그런 어려움을 잘 이겨 냄으로써 우리는 한층 더
성숙한 인격을 갖추게 된단다. 여기에 소개한 패튼 장군의 격언은 그
런 힘겨운 도전을 맞닥뜨리면 피하지 말고 마주 서서 이겨 내라고 격
려하고 있어. 어려운 도전은 우리를 더욱 성숙하고 강한 사람으로 만
들어 주어서, 앞으로 다른 어려움을 마주쳐도 슬기롭게 잘 헤쳐 나갈
수 있단다.

"도전은 삶을 흥미롭게 만들고, 그것을 극복할 때 삶은 의미를 가진
다." 누군가가 이렇게 멋진 말을 했구나.

좋은 습관을 제2의 천성이 되게 하라.
Make good habits your second nature.

날마다 이를 닦고 몸을 씻는 것은 습관에서 비롯된 행위야. 하루에 세 끼를 먹는 것 또한 습관에서 비롯되었지. 알고 보면 우리 행동의 많은 부분이 습관에 따른 것이란다. 그만큼 습관은 아주 영향력이 크단다. 그렇지만 습관은 서서히 만들어지기 때문에 우리는 그것을 잘 알아채지 못하지. 사실은 습관이 우리 삶을 지배하는데도 우리는 그걸 깨닫지 못해.

　게으르고 나태한 습관은 우리 삶을, 우리 앞날을 해롭게 할 뿐이야. 하지만 부지런함이나 정직함 같은 좋은 습관을 들이려고 노력하면 우리는 우리 삶을 더 나은 방향으로 이끌 수 있지.

　항상 좋은 습관을 들이도록 노력해라.

아는 것만으로는 충분하지 않다. 활용할 줄 알아야 한다.
의지만으로는 충분하지 않다. 행동으로 옮겨야 한다.
Knowing is not enough; we must apply.
Willing is not enough; we must do.

그 유명한 요한 볼프강 폰 괴테(1749-1832)의 말이다. 괴테는 독일의 시인, 소설가, 극작가이자 지성인으로서 지금까지도 명성이 높단다.

사람들은 대부분 목표를 이루기 위해서 무엇을 해야 하는지는 알고 있지. 그리고 그것을 하겠다고 머리로 생각은 하지. 그런데 자신이 아는 것을 행동으로 옮기고 또 그것을 실천하는 데에 필요한 노력을 기울이는 사람은 과연 얼마나 될까? 이것이 바로 문제란다. 무엇을 해야 할지 알아도 그것을 행동으로 옮기지 않는다면, 우리는 결코 목표를 이룰 수가 없단다.

위의 격언이 깨우쳐 주는 것은, '앎'은 그저 첫걸음일 뿐이라는 거야. 무엇을 하겠다는 의지 또한 마찬가지지. 성과를 얻기 바란다면, 결실을 이루고 싶다면, 우리는 반드시 아는 것을 활용하고 행동으로 옮겨야 한단다. 행동하지 않고, 아는 것을 활용할 줄 모르고, 해야 할 일을 하지 않는다면, 우리는 어떤 것도 이룰 수 없단다.

목표한 일에서 좋은 결실을 얻고 싶니? 너희가 아는 것을, 너희가 생각하는 것을 바로 실천하렴.

부드러운 설득이 무력보다 더 힘이 세다.
Gentle persuasion is stronger than force.

다들 잘 아는 이솝우화 이야기를 다시 보면서, 이 격언이 뜻하는 것을 함께 생각해 보자꾸나.

바람과 해가 서로 자기 힘이 세다고 말다툼을 벌이고 있었다. "자, 시합을 해 보자구." 해가 말했다. 그때 마침 저 아래에서 굽은 길을 걸어가는 한 나그네가 있었다. 그는 겨울 외투를 입고 있었다. "우리 가운데 누가 저 나그네의 외투를 벗길 수 있는지, 그걸로 시합을 해 보자구." 해가 이렇게 말하자, 바람이 잘난 체하며 대답했다. "그런 거라면 나한테는 아주 식은 죽 먹기지." 그러더니 바람은 있는 힘껏 바람을 세게 불었다. 거센 바람에 새들은 나무 속으로 몸을 피했고, 온 세상이 떠다니는 먼지와 잎으로 가득했다. 바람이 점점 더 세게 바람을 불수록 나그네는 벌벌 떨면서 외투를 더욱 바짝 당겨 입었다. 이번에는 해가 나섰다. 해가 구름 속에서 나와 따뜻한 기운으로 대기와 얼어붙은 땅을 데우기 시작했다. 그러자 나그네는 외투의 단추를 풀기 시작했다. 해가 점점 더 밝게 빛을 내자, 나그네는 더워서 외투를 벗고는 그늘에 가서 앉았다.

"도대체 어떻게 한 거야?" 바람이 물었다. "어렵지 않아. 나는 그저 세상에 밝게 비출 뿐이야. 부드러움이 내 비결이지." 해가 대답했다.

사람들을 상대할 때 친절한 말, 부드러운 태도가 억지로 강요하는 것보다 더 힘이 세다는 것을 마음에 새기길 바란다.

누가 시작하는지는 중요하지 않다.
누가 끝내느냐가 중요하다.
It's not so important who starts the game
but who finishes it.

존 우든이 남긴 또 다른 격언이다. 사람들은 무슨 일을 시작할 때는 그럴 듯한 계획을 세운단다. 하지만 많은 사람이 도중에 흐지부지하고 말지. 시작한 일을 끝내지 않으면 당연히 아무것도 얻는 것이 없다. 결국 시간과 돈만 허비했을 뿐이야. 처음에 열심히 하는 것도 좋지만 무엇보다 막바지에 이르러 어떻게 마무리하느냐가 중요해.

계획한 것을 꾸준히 실천하면서 목표를 이룰 때까지 열심히 노력하는 사람이 인생의 승자가 된다는 것을 기억하기 바란다.

게으름 부리지 말고 행동하고 실천하는 사람이 되거라.

긍정적으로 생각하는 사람은 보이지 않는 것을 보고,
만질 수 없는 것을 느끼고, 불가능한 것을 이룬다.
The positive thinker sees invisible, feels the intangible and
achieves the impossible.

이 격언은 제2차 세계대전 당시 영국의 총리였던 윈스턴 처칠(1874-1965)의 말에서 따온 것이다. 처칠은 많은 명언과 재치 넘치는 말을 많이 남긴 것으로도 유명하단다.

어떤 일을 계획할 때 우리는 그 일에서 밝은 면과 어두운 면, 긍정적인 면과 부정적인 면을 모두 보게 되지. 낙천적인 성격으로 유명했던 처칠은 "비관주의자는 모든 기회에서 위기를 보고, 낙관주의자는 모든 위기에서 기회를 본다"고 했어. 우리는 어느 쪽일까? 아무쪼록 밝은 면을 보려고 하고, 긍정적으로 생각하는 쪽이면 좋겠구나. 매사에 부정적이고 비관적으로 생각하는 사람은 아마 아무것도 이루어 낼 수 없을 테니 말이다. 전쟁 영웅이기도 한 미국의 아이젠하워 대통령도 비관주의로는 어떤 전쟁에서도 이길 수 없다면서, "일단 부정적인 생각을 긍정적으로 바꾸면 긍정적인 결과가 나타나기 시작할 것이다"라고 말했어.

모든 일에서 밝고 긍정적인 면을 보는 습관을 들이도록 해라.

시간을 잘 지키고, 욕설과 험담을 삼가라.
Be on time, no profanity and don't criticize.

미국 농구 역사에서 가장 성공한 선수이자 전설적인 코치로 꼽히는 존 우든이 남긴 말이야. 그는 자기가 지도하는 선수들에게 아래 세 가지 지침을 꼭 지키도록 했어.

1. 지각하지 말고 정해진 시간에 시작해서 정해진 시간에 끝내라.
2. 욕설은 절대 입에 담지 말아라.
3. 자기 편 동료 험담을 하지 말아라.

우든의 규칙을 모든 학생이 지키면 좋겠구나. 남에게 호감을 주는 멋진 사람으로 살아가는 데에도 꼭 염두에 두어야 할 규칙들이다.

투정하지 마라. 불평하지 마라. 꾀부리지 마라.
Don't whine, don't complain and don't make excuses.

이 앞의 글에서처럼, 이 격언도 존 우든이 자기 선수들을 가르치는 데 쓰던 말이야. 투정 부리지 않고, 불평하지 않고, 꾀를 부리지 않아야 한다는 이 세 가지 지침은 비단 운동선수 훈련에만 필요한 게 아니란다. 가정에서든 학교나 직장에서든 어디에서든, 또 누구에게든 적용되는 지침이지. 만일 수시로 징징거리거나 투덜거리고 또 틈을 엿보며 요령만 피운다면 그 사람은 남들한테서 비웃음을 사고 업신여김을 당하게 될 거야. 무슨 일을 하든 칭얼거리거나 불평하거나 꾀부리지 말고 최선을 다하거라. 그러면 틀림없이 남들한테서 사랑과 존경을 받을 거야.

도전은 인생을 흥미롭게 만들고,
도전을 이겨 내는 것은 인생을 의미 있게 만든다.
Challenges are what make life interesting;
overcoming them is what makes life meaningful.

조슈아 J. 마린의 이 말에 할아버지는 깊이 공감한다. 너희는 앞으로
수많은 도전과 마주치게 될 거야. 새로운 과목을 배우고 입학시험을
치르고 새로운 사람들을 만나고 색다른 경험을 하는 것도 모두 도전
의 일부란다. 새로운 도전은 아무래도 사람을 긴장시키지. 용기도 필
요하고, 생각도 이리저리 많이 해야 할 거야. 그러나 그런 덕분에 생
활이 더욱 활기가 생기고 흥미로운 경험도 할 수 있지. 도전을 잘 이
겨 내는 것처럼 멋진 경험도 없을 거야.
　도전을 마주할 때 극복할 수 있다는 자신감을 가져라. 어려운 도전
일수록 더 큰 의미를 안겨 줄 거야.

기회가 보이면 절대 놓치지 마라.
아주 작은 기회라도 그 기회를 활용하라.
As fast as each opportunity presents itself, use it!
No matter how tiny an opportunity it may be, use it.

자기계발에 관해 좋은 글을 많이 남긴, 미국의 로버트 콜리어(1885-1950)가 한 말이다. 이 격언은 우리가 살면서 만나게 되는 많은 기회들을 놓치지 말고 잘 활용해야 한다고 강조한다. 학교는 우리에게 많은 것을 배울 수 있는 기회를 준다. 우리가 만나는 사람들은 그들에게서 좋은 습관과 태도를 배울 기회를 준다. 산이나 들판이나 공원에 나가면 자연의 아름다움을 누릴 기회를 얻고 운동할 기회를 얻는다.

누구를 만나든 그 사람에게서 배울 점이 있을 것이다. 그 기회를 놓치지 마라. 어디를 가든 그곳에서 마주치는 기회들을 놓치지 말고 잘 활용하기 바란다.

꽃을 보려 하는 사람들을 위해 꽃은 늘 피어 있다.
There are always flowers for those who want to see them.

프랑스 화가로서 현대미술에서 주도적인 역할을 한 앙리 마티스 (1869-1954)가 한 말이다. 여기에서 '꽃'이 의미하는 것은 무엇일까? 아름다움, 빛남, 선량함, 희망, 위로, 성공 또는 우리가 바라는 모든 것들을 함축하고 있단다.

사람들이 세상을 보는 시각은 저마다 다르다. 같은 상황이나 사건을 두고서도 어떤 사람은 긍정적이고 낙천적으로 보지만, 어떤 사람들은 부정적이고 비관적으로 본다. 꽃을 보고 싶어 하는 사람을 위해 꽃은 언제나 피어 있다는 이 격언은 긍정적이고 낙관적인 사람은 어떤 상황에서도 좋은 것을 찾아 낼 수 있다는 말이다.

낙관적으로 생각하고 좋은 면을 보아라. 언제나 행복하고 활기차게 생활하기 바란다.

이 세상이 한 권의 책이라면, 여행을 하지 않는 사람은
이 책의 한 페이지만 읽은 것과 같다.
The world is a book and those who do not travel
read only one page.

기독교 신학과 서양 철학에 큰 영향을 끼친 성 아우렐리우스 아우구
스티누스(354-430)가 말한 이 격언은 이 세상을 한 권의 위대한 책에
비유하고 있구나.

　세상에는 수많은 민족, 나라, 문화, 언어가 있다. 하지만 학교에서,
또 가정이나 우리 주변에서 세상에 대해 배우는 데에는 한계가 있다.
또 많은 책을 읽는다고 해도 그 모든 것을 알기에는 충분하지 않다.
그러나 여행은 다른 문화와 지식과 생활 풍습을 만나고, 다양한 민족
과 사람들을 만날 기회를 준다. 다른 지방, 다른 나라를 여행하면서
새로운 문화와 생활 풍습을 직접 경험하고 다양한 사람들과 서로 다
른 생각들을 나눈다면, 우리는 살아 있는 생생한 지식을 쌓을 수 있고
또 세상에 대한 넓은 이해력과 안목을 키울 수 있단다.

　기회가 닿는 대로 다른 마을, 다른 지방, 다른 나라를 여행해 보기를
권한다. 지금 당장 어려우면 대학생이 되거나 직업을 가진 뒤에 되도
록 여러 곳을 여행해 보려무나. 어디를 여행하든지 눈과 마음을 활짝
열고 많은 것을 보고 느끼고 받아들이기를 바란다.

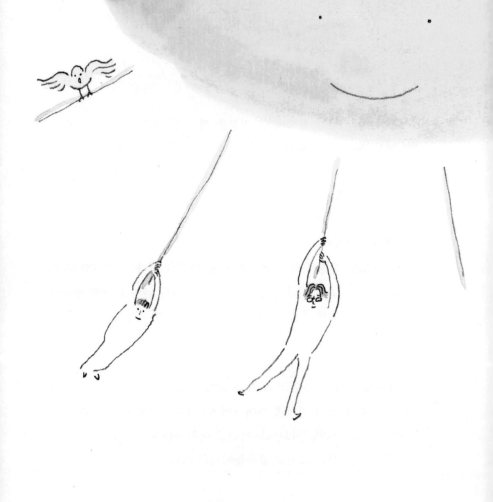

웃어라. 웃음은 사람들의 마음의 문을 여는 열쇠다.
Smile, it is the key that fits the lock of everybody's heart.

미국의 가수겸 작곡가인 앤서니 J. 디안젤로가 한 이 말에 동의하지 않을 사람이 있을까. 웃음은 사람들에게 친근함을 표현하는 것이어서 상대방을 편안하게 해 준다. 생각해 봐. 우리는 웃는 사람에게 쉽게 마음을 열게 되잖아. 그러니 언제나 웃음으로 사람들을 대하거라. 상냥하고 다정한 웃음 앞에서 화를 내거나 불친절할 사람을 없을 거야. 설령 상대방이 나한테 나쁜 감정이 있더라도 내가 먼저 웃으며 다가가면 그 사람의 마음이 봄눈 녹듯 풀어질 거라고, 위 격언은 강조하고 있단다. 비슷한 뜻으로 "웃는 얼굴에 침을 뱉으랴"는 우리 속담도 있지.

맑은 날도 있고 궂은 날도 있지만,
어떤 날이든 반드시 좋은 점이 있다.
Everyday may not be bright,
everyday may not be stormy either—
but there is always something good about everyday.

날씨가 맑을 때도 있고 비가 올 때도 있듯이, 살다 보면 기분 좋은 일이 생길 때도 있고 무언가 마음에 들지 않는 일이 닥칠 때도 있다. 그러나 나쁜 일이 생겼다 해서 쉽게 화내거나 실망하지 말고, 그런 가운데에서도 좋은 면을 찾아보라고 이 격언은 조언하고 있구나. 세상일은 대체로 밝은 면과 어두운 면을 함께 띠고 있단다. 그러니 나쁘고 어두운 면 대신 좋고 밝은 면을 보는 태도를 지니거라. 용기와 열정을 잃지 말고, 부정적인 생각을 멀리하고 날마다 뭔가 기분 좋은 일을 찾아보아라.

집만한 곳은 어디에도 없다.
There is no place like home.

많은 사람이 여행이나 휴가를 갔다가 집으로 돌아올 때면 곧잘 하는 말이란다. 아무리 아름다운 여행지에서 호사스럽게 지내다가 와도 우리는 집보다 더 편하고 좋은 곳은 없다고 느낀단다. 우리 집이 좀 누추하고 좁아도 그건 어김없는 사실이란다. 도대체 집이란 어떤 곳이길래 그럴까? 어떤 사람이 말했다. 집은 "안전한 곳, 공격받을 염려가 없는 곳, 끈끈한 관계로 이어지고 따뜻한 지지를 주고받는 곳 그리고 많은 것을 함께 나누고 서로를 이해하고 보살피고 사랑하는 곳"이라고 말이야. 그렇단다. 집은 단순한 건물이 아니라 가족이 함께하는 가정이지. 처음에는 사람이 가정을 만들지만, 시간이 지나면서 가정이 사람을 키우고 형성시켜 준단다.

우리는 보통 사랑하는 마음으로 집을 편안하고 아름다운 곳으로 가꾸어 나간다. 그러면서 동시에 집에서 사랑과 휴식과 위안과 삶의 자양분을 얻으며 살아간다. 이처럼 집은 사랑이 묻어나는 곳이요, 익숙하고 편안한 곳이다. 그래서 집에 돌아올 때마다 참된 편안함을 느끼는 거란다.

좋은 본보기를 보이는 것이 최선의 가르침이다.
A good example is the best sermon.

이 훌륭한 격언은 벤저민 프랭클린이 말한 것이다. 누군가에게 이렇게 하라, 저렇게 하라고 말한다고 해서 그 사람이 반드시 그 말을 따르지는 않는단다. 오히려 잔소리라고 여겨 한 귀로 듣고 다른 귀로 흘려버리기가 쉽지. 다른 사람이 어떻게 행동하기를 바란다면 우리가 스스로 그렇게 해서 본보기가 되는 것이 가장 좋은 방법이다. 다른 사람에게 잘하라고 말로 당부하기는 참 쉽다. 그러나 그 사람이 정말 잘하게 하려면 직접 행동으로 모범을 보이는 것이 최선의 가르침이란다. 모범을 보이기란 쉽지 않지만, 가까운 사람이 무슨 일이나 행동을 잘하게 하고 싶다면, 너희 자신이 솔선수범해서 본보기가 되도록 하거라.

얼굴은 마음의 초상이요, 눈은 마음의 해석자다.
The face is a picture of the mind with the eyes as its interpreter.

옛 로마의 철학자였던 마르쿠스 툴리우스 키케로(기원전 106-43)가 한 말이다. 얼굴은 그 사람의 됨됨이를 그대로 보여준다는 말이야. 특히 눈빛은 그가 평소 어떤 생각과 태도로 사는지를 잘 보여 준다. "눈은 마음의 창"이라는 말도 있잖아. 곰돌이 푸(위니 더 푸Winnie-the-Pooh) 이야기로 유명한 영국 작가 앨런 알렉산더 밀른(1882-1956)도 글에서 이렇게 말했지. "그가 입은 옷은 그에 대해 아무 것도 말해 주지 않았지만 그의 얼굴은 그녀가 알고 싶어 하는 것들을 말해 주었다."

우리는 즐겁고 행복할 때면 밝고 상냥한 표정이나 웃음 띤 표정을 짓지. 반대로 기분이 나쁘고 화가 날 때면 얼굴을 찡그리거나 사나운 표정을 짓지. 상냥하고 웃는 얼굴은 좋은 인상을 만들지만, 툭하면 울거나 화를 잘 내는 사람은 얼굴 근육이 점점 일그러져서 인상이 나빠진단다. 또 나쁜 생각을 해도 얼굴에 드러나는 법이란다. 그래서 에이브러햄 링컨은 이렇게 말했지. "사람은 마흔 살이 넘으면 자신의 얼굴에 책임을 져야 한다"고 말이야. 이 말처럼 사람은 어느 정도 나이가 들면 그 사람의 인격과 성격과 그 동안 살아온 삶이 얼굴에 고스란히 드러난단다. 얼굴이 곧 그 사람의 자서전인 셈이지. 늘 긍정적으로 생각하면서 너그럽고 여유 있는 성격을 지니면 시간이 지날수록 얼굴이 보기 좋고 아름다워진다는 것을 기억해라.

어려서부터 평생 떳떳하게 들고 다닐 수 있는 얼굴을 만들어 나가기를 바란다.

걱정은 흔들의자와도 같다. 끊임없이 뭔가를 하게 하지만,
결국 어디에도 데려다주지 못한다.
Worry is like a good rocking chair. It gives you something to do,
but it doesn't get you anywhere.

어려운 숙제가 많아서 걱정이니? 원하는 학교에 들어가지 못할까 봐
걱정이니? 맘에 드는 옷이 없어서 걱정이라고?

　우리는 이런저런 문제로 자주 스트레스를 받는다. 걱정은 도저히
피할 수 없는 것처럼 보이기도 하지. 하지만 걱정하고 불안해한다고
해서 어떤 위안이나 도움을 받을 수 있을까? 걱정을 하든 하지 않든
어차피 일어날 일은 일어나게 되어 있단다. 우리가 할 수 있는 일은
준비를 철저히 하고 바람직한 결과가 나올 수 있도록 최선을 다하는
것뿐이야. 나머지는 두고 보는 수밖에 없다.

　어떤 사람들은 쓸데없는 걱정을 너무 많이 한다. 최악의 경우를 상
상하면서 하루 종일 전전긍긍하지만, 알고 보면 그런 걱정들은 대부
분 부질없는 것이야. 마크 트웨인(1835-1910)이 말했지. "우리는 수많
은 문제에 대해서 걱정하는 말을 들었지만 그 대부분은 일어나지 않
았다."

　낙관적으로 생각해라. 성공한 사람들은 대부분 낙관적이다. 어느
현인이 말하기를, 걱정은 생각이 아니라 잘못 사용하는 상상력이라는
구나. 하지만 상상력이란 멋지고 생산적인 일에 발휘하는 것이잖아.

　자신감을 가져라. 걱정하는 습관을 버려라. 걱정은 접어 두고 항상
밝은 기분으로 지내기 바란다.

음식이 곧 약이며, 약이 곧 음식이다.

Let food be thy medicine and medicine be thy food.

고대 그리스의 의사인 히포크라테스(기원전 460-371)가 한 말이다. 히포크라테스는 의학 역사에 위대한 업적을 남긴 인물로 서양 의학의 아버지라고 불린단다. 그는 대부분의 병이 환경적 요인, 생활 습관, 그리고 나쁜 식습관에서 비롯된다고 믿었어.

좋은 음식은 우리에게 필요한 영양을 공급해서 몸과 마음을 건강하게 유지할 수 있게 하는 중요한 역할을 해. 또한 질병을 예방하고 치료하는 기능도 한단다. 이 격언은 병을 낫게 하기 위해 알맞은 약을 먹는 것처럼 건강한 식습관을 기르고 건강한 음식을 먹어야 한다는 뜻이야. 건강한 음식은 몸에 이로운 자연 식품을 말해. 이를테면 가공하지 않은 소고기, 생선, 콩, 과일, 채소, 물 같은 자연 식품을 먹으라는 거지. 과자, 음료수, 가공식품 들처럼 여러 가지 화학 성분이 들어 있는 식품은 입에는 달콤해도 몸에 해로우니 되도록 삼가야 해.

히포크라테스는 음식을 잘못 먹으면 약을 먹어도 소용이 없고, 음식을 잘 먹으면 약이 필요가 없다고 했다. 훌륭한 식습관을 들이기 위해서는 어느 정도 절제가 필요하단다. 맛있는 음식도 좋지만 무엇보다 균형 잡힌 식단이 중요해. 탄수화물, 지방, 섬유소, 단백질, 무기질, 비타민 같은 영양소를 고르게 섭취해야 하니까, 음식을 가려 먹는 편식 습관을 버려야겠지. 물을 충분히 마셔야 하고, 짠 음식은 피하거라. 과식도 나쁜 습관이야. 비만이나 소화불량 같은 여러 가지 병의 원인이 되니 말이야.

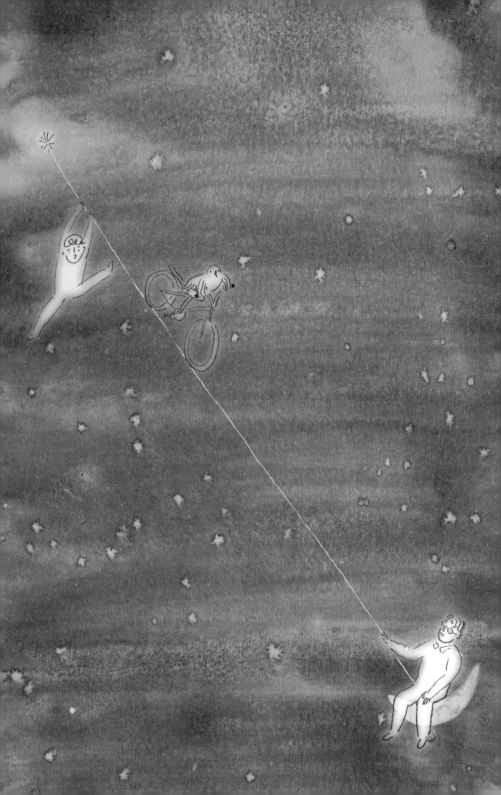

많이 웃고 잘 자는 것이 최고의 보약이다.
A good laugh and a long sleep are the best cures
in the doctor's book.

아일랜드 속담이다. 잠을 충분히 자고 많이 웃는 것이 건강에 좋다는 이 속담은 과학적으로도 증명이 된 사실이란다. 충분한 잠과 웃음은 우리 몸과 마음에 생기를 불어넣어서 공부하거나 일하거나 운동할 때에 집중력을 발휘할 수 있게 한단다. 만일 잠이 부족하면 뇌와 몸이 활발하게 움직이지 않아서 무슨 일을 할 때 좋은 성과를 거둘 수가 없지. 또 자주 소리 내어 크게 웃으면 몸과 마음을 건강하게 해 주어서 젊음을 오래도록 유지하게 해 준단다. 거꾸로 화를 내면 당연히 건강에 나쁘고말고.

그러면 아이들은 잠을 하루에 몇 시간 자는 것이 적당할까? 여러 가지 의견들이 있지만 하루 일곱 시간에서 여덟 시간 사이가 알맞다는 것이 일반적인 견해다. 하지만 어떤 연구는, 수면 시간은 개인에 따라 다를 수 있지만, 얼마나 오래 자느냐보다는 잠의 질이 더 중요하다는구나. 그러니까 깊이 푹 잠에 들어야 한다는 거지.

이탈리아 르네상스 시대의 다재다능한 천재 레오나르도 다 빈치는 이런 말을 했어. "하루를 잘 보내면 행복하게 잠들 수 있다." 너희도 날마다 많이 웃으며 보내고 행복하게 잠들기를 바란다.

운동 부족은 사람의 건강을 파괴한다.
몸을 움직이고 단련해야 건강을 유지할 수 있다.
Lack of activity destroys the good condition of
every human being, while movement and physical exercise
save it and preserve it.

고대 그리스의 철학자 플라톤(기원전 428-347)이 한 이 말은, 우리 몸을 건강하게 유지하려면 몸을 단련하고 움직여 주어야 한다는 것을 강조한다. 몸과 마음을 건강하게 하기 위해서는 우리가 지켜야 할 여러 습관이 있어. 그 가운데에서도 음식을 골고루 먹고, 잠을 푹 자고, 규칙적으로 운동하는 것이 무엇보다 중요해. 그런데 잘 먹고 잘 잔다고 해도 운동을 하지 않으면 몸과 마음이 제대로 기능하지 못할 수가 있단다.

몸을 단련하려면 배드민턴이나 축구 같은 스포츠를 꾸준히 하는 것도 좋지만, 일상생활에서 쉽게 할 수 있는 걷기, 뛰기, 체조 같은 것을 권하고 싶구나. 왜냐면 날마다 일정한 시간 동안 꾸준히 몸을 움직여 주는 것이 중요하기 때문이지. 그런 점에서 토마스 제퍼슨의 충고를 소개하마. "걷기는 언제나 쉽게 할 수 있는 가장 좋은 운동이다. 먼 거리도 걸어 다니는 습관을 들여라." 그의 충고처럼, 날마다 가는 학교나 학원을 걸어서 다닌다면 날마다 빠짐없이 운동할 수 있겠지. 만일 학교가 멀어서 버스나 지하철을 타야 한다면, 한두 정거장은 걸어간 뒤에 버스를 타는 방법도 있단다.

인도의 여배우 마무리 딕시(1961-현재)는 이런 말을 했어. "아름다워 보이기 위해서 얼굴에 화장만 해서 되는 것은 아닙니다. 날마다 일상적으로 하는 일들이 중요합니다. 건강한 식사, 숙면, 운동, 건강한 습관, 절제 등이 내가 매일 아름다워지기 위해 하는 일들입니다. 또한 나쁜 습관을 멀리해야 합니다. 저는 술이나 담배를 하지 않습니다. 덕분에 제가 날씬하고 건강한 모습을 유지할 수 있죠."

규칙적으로 운동을 하고, 몸을 부지런히 움직이려무나.

아들아, 아버지의 명령에 따르고 어머니의 가르침을
저버리지 마라. 그들의 말씀을 영원히 마음에 새기고 목에
두르고 다니거라. 걸을 때 그 말씀이 너를 안내할 것이요,
잠을 잘 때 너를 지켜줄 것이고, 깨어 있을 때 너에게 말을
걸 것이다. 아버지의 명령은 등불이고 어머니의 가르침은
빛이며 꾸짖음은 생명의 길이다.

My son, keep your father's commands and do not forsake your
mother's teaching. Bind them upon your heart forever; fasten
them around your neck. When you walk, they will guide you;
when you sleep, they will watch over you; when you awake,
they will speak to you. For these commands are a lamp, this
teaching is a light and the corrections of discipline are the way
to life.

기독교 성서의 '잠언'에서 뽑은 이 글은 아이들에게 부모의 가르침과
명령을 따르라고 한다. 부모는 어떤 사람인가? 우리를 낳고 사랑으로
보살피는 분들이다. 부모는 자식이 건강하고 행복하게 자라게 하기
위해 기꺼이 자신을 희생하는 분들이다. 자식에게 무조건적인 사랑을
주는 유일한 분들이다. 또한 인생을 살면서 배우고 경험한 지혜를 자
식에게 전달해 주는 분들이다.

　어느 지혜로운 사람이 말하기를, 이 세상에서 가장 좋은 것은 부모
가 웃는 것을 보는 것이고, 그 다음으로 좋은 것은 우리가 부모에게
웃음을 주는 것이라고 했다. 부모님에게 웃음을 주는 자식이 되기를
바란다.

해가 나 있는 동안에 건초를 만들어라.

Make hay while the sun shines.

소를 키우는 목축업자들은 풀을 말린 건초를 소먹이로 쓴단다. 들에서 열심히 풀을 베어다가 햇빛에 말려서 건초를 만들지. 그런데 날씨가 흐리거나 비가 오면 풀을 말릴 수가 없어. 그러면 소에게 먹일 여물을 준비할 수가 없지. "해가 있을 때 건초를 만들라"는 이 말은 기회가 왔을 때 놓치지 말고 잘 이용하라는 영국의 오래된 속담이란다.

기회는 언제나 오는 것이 아니다. 학교에 다니는 너희는 매우 좋은 배움의 기회를 지금 누리고 있는 것이란다. 어린 시절은 아무 걱정 없이 배움에 전념할 수 있는 좋은 시기야. 하고 싶은 것이 있으면 무엇이든 열심히 배우거라. 또 좋은 친구들을 사귀고 함께 많은 것을 나누며 우정을 쌓아 가거라. 이 다음에 커서 어른이 된 뒤에도 이 격언의 뜻을 늘 마음에 새기고서 주어지는 기회를 잘 활용하면, 멋지고 행복한 삶을 살게 될 거야.

쇠가 달구어졌을 때 두들겨라.

Strike while the iron is hot.

이것 역시 오래된 영국 속담이란다. 대장간에서 하는 일에 비유해서 기회가 왔을 때 우물쭈물하지 말고 재빠르게 움직이라고 강조하는 말이야. 대장장이는 쇠가 뜨겁게 달구어졌을 때 망치로 두드려서 여러 가지 물건을 만든단다. 만일 늑장을 부리면 쇠가 식어서 굳어 버리기 때문에 구부리거나 얇게 펴거나 하면서 모양을 낼 수 없게 되지. 그만 기회를 놓쳐 버린 것이란다. 이 속담도 이 앞에 나오는 "해가 나 있을 때 건초를 만들어라"와 같이, 기회가 오면 놓치지 말고 확실하게 잡으라는 뜻이야.

우리 속담에도 거의 똑같은 말이 있단다. "쇠는 단김에 벼려야 한다"가 그것이야.

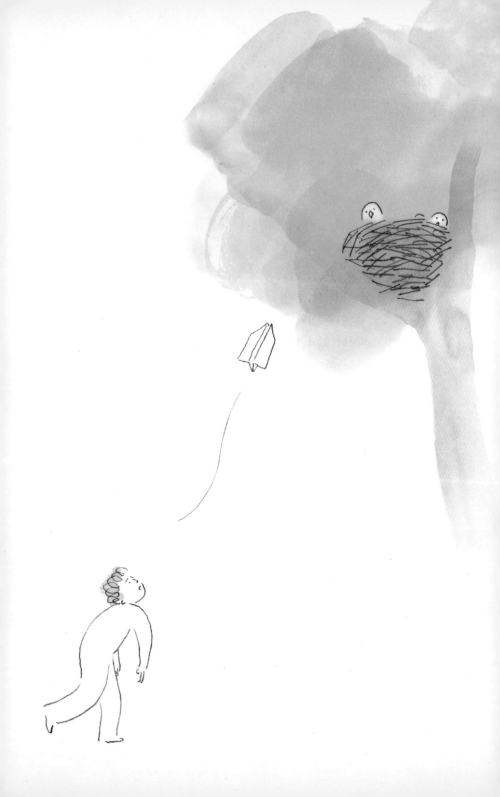

눈에서 멀어지면 마음에서도 멀어진다.
Out of sight, out of mind.

자주 들어 본 말이지? 이 속담은 누군가하고 가깝고 좋은 사이가 되려면 자주 만나는 것이 중요하다는 말이야. 정말 좋아하는 사람도 오랫동안 보지 못하고 소식을 듣지 못하면 멀어지게 된단다. 관심도 적어지고, 심지어 거의 잊다시피 하게 되지. 그러니까 가족이나 아끼는 친구와 어쩔 수 없이 자주 만날 수 없게 된다면 전화나 문자를 자주 주고받거나 편지나 이메일로 안부를 전하도록 하거라. 주변 사람에게 늘 관심을 갖고서 연락을 주고받으며 지내기를 바란다.

이미 갖고 있는 것에 감사하며 살면
더 많이 가질 날이 올 것이다. 그러나 갖고 있지 못한 것에
늘 미련을 두면 영원히 만족할 수 없다.
Be thankful for what you have; you'll end up having more.
If you concentrate on what you don't have,
you will never, ever have enough.

미국의 유명한 토크쇼 진행자인 오프라 윈프리(1954-현재)가 한 말이
다. 우리에게 주어진 것들을 소중히 여기고 감사하며 살자는 말이지.
내가 받은 재능과 축복, 그리고 내가 누리고 있는 많은 혜택은 생각하
지 못하고, 다른 사람이 가진 것을 부러워하거나 시기하는 것은 어리
석은 일이란다. 그런 사람은 결코 만족할 줄 모르기 때문에 마음이 늘
가난할 수밖에 없지. 그러나 내게 주어진 것을 작은 것이라도 소중히
여기며 고마워할 줄 알면 그 사람의 삶은 늘 여유롭고 풍성하고 기쁨
이 넘칠 거야. 기독교 성서에 있는 이 구절을 늘 마음에 품기를 바란
다. "항상 기뻐하라, 늘 기도하라. 모든 것에 감사하라."

예절이 사람을 만든다.
Manners make the man.

오래된 이 영국 속담은 윌리엄 위컴(1320-1404)이 자신이 세운 대학교의 교훈으로 삼아서 유명해졌단다. 위컴은 1379년에 옥스퍼드의 뉴 칼리지를, 1382년에는 윈체스터 칼리지를 설립한 사람이야. 이 속담이 강조하는 것은, 적절한 바른 몸가짐을 갖추는 것이 사회생활의 예의라는 것이다. 예절은 예의에 맞는 바람직한 행동 양식을 말해. 사회생활에서는 예절을 지키는 것이 상대방을 존중한다는 의미를 갖는단다. 마찬가지로 예절에 맞게 행동하는 사람은 상대방으로부터 존경과 믿음을 받을 자격을 갖게 되지. 사람들은 누구나 공손하고 예의 바른 사람에게 호감을 느끼고 함께하고 싶어 하는 법이란다.

바른 예절은 최고의 교육도 열 수 없는 문을 열어 준다.

Good manners will open doors that the best education cannot.

미국의 대법관 클래런스 토머스(1948-현재)가 말한 격언이다. 이 격언
은 일상생활 속에서 바른 예절을 갖추는 것이 얼마나 중요한지를 강
조하고 있다. 예절을 갖추지 못한 사람은 아무리 좋은 대학에서 교육
을 받은 사람이라 해도 다른 사람들로부터 환영받지 못한단다.

　많은 사람이 에티켓과 예절 바른 태도를 혼동하는 것 같아. 에티켓
과 예절의 차이가 뭘까? 에티켓은 이럴 때엔 이렇게 하고 저럴 땐 저
렇게 하라는 식의 행동 규칙들을 말해. 이를테면 밥 먹을 때 어른이
먼저 드시기를 기다렸다 먹는다든지, 어떤 사람을 부를 때 호칭을 어
떻게 써야 한다든지, 어떤 자리에 갈 땐 옷차림을 어떻게 해야 한다든
지 등의 규칙들을 말하지. 이런 행동 규칙은 알아 두었다가 그대로 따
르기만 하면 돼. 그런데 이런 에티켓을 잘 지킨다고 해서 반드시 예절
바른 사람이 되는 건 아니란다.

　예절이란 기본적으로 다른 사람을 기분 좋게 하고 편안하게 해 주
고 존중하는 마음으로 대하려는 마음에서 우러나오는 거야. 예절은
때로 에티켓이나 사회적인 상식을 뛰어넘을 수도 있단다. 이를테면
다른 문화 배경에서 다른 삶을 살아온 사람과 만났다고 치자. 예절 바
른 사람이라면 이런 낯선 상황에서도 상대방을 편안하게 대할 수가
있단다. 이런 경우에는 서로 에티켓이 부족해도 크게 문제가 되지 않
아. 왜냐면 에티켓은 각 나라나 문화권마다 서로 다를 수가 있기 때문
이지. 그러나 예절이 없는 사람은 제아무리 에티켓에 따라 행동해도

결코 남한테서 환영받지 못할 거야.

　예절 바른 사람은 언제 어디에서나 상대방의 자부심을 소중히 여기고, 또 상대방의 기분을 헤아려서 행동할 줄 아는 사람을 말한다. 그것은 예절은 바로 마음에서 우러나오는 것이기 때문이지. 바른 예절을 몸에 익힌 사람은 누구에게나 예의 바르고 존경할 만한 좋은 친구가 된다는 것을 명심하렴.

희망이 새해 문턱에서 웃음 지으며
"올해는 더 행복할 거야" 하고 속삭인다.
Hope smiles from the threshold of the year to come,
whispering "it will be happier."

영국의 계관시인 알프레드 테니슨(1809-1892)의 시에서 뽑은 글이다.
테니슨은 당대에 가장 유명한 시인이었다. 테니슨의 이 시구는 우리
모두 웃으면서 새해를 맞이하고 더 행복한 날들을 기대하자고 말하는
구나. 새해를 맞이할 때마다 더 많이 웃고 더 행복하게 살리라는 희망
을 품자꾸나. 그리고 그런 희망에 따라 새해의 하루하루를 성실하게
열심히 살아 보자꾸나. 그러면 분명 그해가 끝나 갈 무렵 더 행복하고
더욱 알찬 한 해를 돌아볼 수 있을 거야.

따뜻한 웃음은 '친절'이란 뜻의 세계 공통어다.
A warm smile is the universal language of kindness.

윌리엄 아서 워드가 한 말이다. 우리의 생각과 마음은 말로만 전할 수
있는 건 아니야. 누군가에게 베푸는 작은 친절은 때로 많은 말보다 더
큰 힘을 발휘할 수 있단다. 특히 웃음은 참으로 놀라운 일을 할 수 있
지. 웃는 얼굴로 하루를 시작하면 우리 눈앞에서 마술이 펼쳐질 거야.
사람들이 우리에게 웃음으로 화답할 테고 그러면 우리는 더 행복해져
서 다른 사람들을 또 더 행복하게 만들어 줄 거야. 웃음은 얼굴 표정
으로 기쁨, 즐거움, 애정, 우정을 나타내는 것이란다. 그래서 웃음 띤
표정은 다른 사람들을 편안하고 행복하게 해 주는 가장 확실한 방법
인 동시에 우리 자신을 친절하고 다정한 사람으로 만들어 준단다.
　오늘도 웃으면서 새로운 하루를 시작하기 바란다!

예의 바른 태도와 부드러운 말씨는
많은 난관을 해결할 수 있다.
Good manners and soft words have brought
many a difficult thing to pass.

앞에서도 강조했듯이 예의 바른 태도 곧 예절은 다른 사람을 향한 따뜻한 마음과 배려에서 나오는 것이란다. 영국의 건축가이며 극작가인 존 밴브러 경(1664-1726)이 말한 이 격언은, 예의 바른 태도로 성심성의껏 말하면 어떤 어려움도 쉽게 풀 수 있다는구나.

  그렇다면 예의 바른 태도가 어떤 것인지 구체적으로 알아보자꾸나. 할아버지가 어느 잡지에서 읽은 '모든 어린이가 알아야 할 스물다섯 가지 예절'을 여기에 소개하마. 한꺼번에 다 소개하면 받아들이기 벅찰 테니, 다섯 가지씩 나누어서 소개하마. 예절이란 어렵고 까다로운 게 아니란다. 사실은 누구나 다 아는 빤한 상식이란다.

1. 뭔가 부탁할 때는 "부탁합니다" 하고 말한다.
2. 뭔가를 받을 때는 "고맙습니다" 하고 말한다.
3. 어른들이 이야기하고 있을 때, 급한 일이 아니면 끼어들지 않는다.
4. 다른 볼일을 보고 있는 사람에게, 또는 모임이나 가게에서 누군가에게 갑자기 말을 걸 때는 "실례지만," "실례합니다만" 하고 말한 뒤에 용건을 말한다.
5. 뭔가를 해도 되는지 잘 모르면 먼저 허락을 구한다. 그래야 나중에 후회할 일이 생기지 않는다.

누구든, 어디에서든 무례하게 행동하는 것은 큰 잘못이다.
Whoever one is, and wherever one is,
one is always in the wrong if one is rude.

영국의 문인 모리스 베어링(1874-1945)의 글에서 뽑은 격언이다. 누구라도 언제 어디에서든 무례하게 행동하는 것은 부적절하고 잘못된 행동이라는 말이다. 무례한 행동은 어떤 것일까? 다른 사람의 기분을 배려하거나 권리를 존중하지 않는 태도를 말해. 일부러 남의 기분을 무시하려고 무례하게 행동하든, 다른 사람의 기분을 미처 헤아리지 못해서 자기도 모르게 무례하게 행동하든, 어느 경우에나 잘못된 행동이야.

앞 글에 이어서, '모든 어린이가 알아야 할 스물다섯 가지 예절' 6번에서 10번까지 여기에 소개한다.

6. 내가 무엇을 싫어하는지 사람들은 알고 싶어 하지
   않는다. 부정적인 의견은 입 밖으로 꺼내지 않는다.
   정 말하고 싶으면 가까운 친구한테만 말한다.
7. 칭찬이 아니라면 다른 사람의 신체 특징에 대해서 평가하
   지 않는다.
8. 누군가 안부를 물으면 대답하고 나서 나도 그 사람의 안부를 묻는다.
9. 친구 집에서 공부를 하거나 놀면서 시간을 보냈을 때에는 친구의 부
   모에게 잘 지내게 해 주어서 고맙다고 인사한다.
10. 다른 사람의 집이나 방에 들어가려 할 때는, 문을 똑똑 두드린 뒤 안
    에서 대답하기를 기다렸다가 들어간다.

예절은 그 사람의 됨됨이를 비추는 거울이다.
A man's manners are a mirror in which he shows his portrait.

독일의 위대한 문호 요한 볼프강 폰 괴테(1749-1832)가 남긴 이 격언은, 사람의 태도를 보면 그가 어떤 사람인지 환히 알 수 있다는 뜻이다. 착하고 훌륭한 사람은 행동이 늘 예의 바르고 예절에 맞지만, 그렇지 않은 사람은 태도가 예의 없기가 쉽지. 예절 바른 태도는 타고나는 것이 아니라 배워서 몸에 익히는 것이란다.

'모든 어린이가 알아야 할 스물다섯 가지 예절' 11번에서 15번까지 여기에 적는다. 찬찬히 보려무나.

11. 전화를 걸 때는 먼저 내가 누구인지 밝히고 나서 통화하고 싶은 사람을 바꿔 달라고 한다.
12. 선물을 받으면 마음에서 우러나서 "고맙습니다"라고 말한다. 멀리 있는 사람에게는 감사 편지나 카드를 보내는 것이 좋다. 스마트폰 문자 시대에 손으로 쓴 감사 카드는 무엇보다 큰 감동을 준다.
13. 어른들 앞에서는 상스러운 말이나 아이들끼리의 유행어를 쓰지 않는다. 어른들도 그런 말들을 알고 있을뿐더러 불쾌하게 생각한다.
14. 욕을 하지 않는다.
15. 어떤 이유로든 사람을 놀리지 않는다. 그런 행동은 내 자신이 약하고 자신 없을 때 하는 행동이다. 무리를 지어서 누군가를 괴롭히는 것은 비겁하고도 잔인한 짓이다.

아는 것으로는 충분하지 않다. 활용할 줄 알아야 한다.
의지만으로는 충분하지 않다. 실천해야 한다.
Knowing is not enough; we must apply.
Willing is not enough; we must do.

이 격언 역시 괴테가 한 말이다. 우리 대부분은 인생에서 원하는 것을 이루려면, 예를 들어 부유해지고, 건강해지고, 성공하고, 행복해지고, 사랑받으려면 어떻게 해야 하는지 알고 있지. 또 대부분 그렇게 되려고 노력하겠다고 마음먹지. 그런데 머리로 아는 것을 행동으로 옮기는 사람이 몇이나 될까? 우리는 무엇을 해야 하는지 알면서도 아는 것을 실제로 활용하지 않을 때가 많다. 하겠다고 마음은 먹으면서도 실천에 옮기지 않을 때도 많다. 그러나 이래서는 결국 아무것도 할 수가 없단다.

아는 것은 단지 시작일 뿐이야. 하겠다는 의지도 마찬가지야. 좋은 성과를 원한다면 아는 것을 활용하고 행동에 옮겨야 한다. 행동하지 않으면 아무것도 이룰 수 없으니까 말이야.

앞 글에 이어서, '모든 어린이가 알아야 할 스물다섯 가지 예절' 16번에서 20번까지 소개한다.

16. 공연이나 모임이 지루해도 조용히 자리를 지키면서 관심을 보여준다. 그들은 나름대로 최선을 다하고 있는 것이다.

17. 다른 사람과 부딪치면 곧바로 "미안합니다" 하고 말한다.

18. 기침이나 재채기를 할 때는 반드시 입을 가리고, 사람들 앞에서 코를 후비지 않는다.

19. 문을 열고 나가거나 들어올 때 뒤에 오는 사람이 있으면 뒷사람을 위

해 문을 잡아 준다.

20. 부모님, 선생님, 이웃이 무슨 일을 하고 있는 것을 보면 혹시 도움이 필요한지 여쭌다. 다른 사람을 도우면서 많은 것을 배울 수 있다.

예절이란 다른 사람의 감정을 세심하게 헤아려 알아채는 것이다. 그렇게만 한다면, 에티켓을 지키지 못한다 해도, 누구나 예절 바른 사람이 된다.

Manners are sensitive awareness of the feeling of others.
If you have that awareness, you have good manners,
no matter what fork you use.

예절과 에티켓에 대한 글로 유명한 미국의 에밀리 포스트(1872-1960)가 쓴 책에서 뽑은 글이란다. 이 말은, 만일 우리가 다른 사람을 존중하고 그들의 기분과 감정에 신경 쓰며 배려한다면 우리는 저절로 예절 바른 태도를 지니게 된다는 뜻이지. 설령 에티켓에 맞는 행동 규칙을 다 알지 못하더라도 말이야.

앞에서도 설명했듯이, 에티켓은 이럴 때에는 이렇게 해야 한다는 식의 행동 규칙들이야. 에티켓도 기본 정신은 예절과 마찬가지로 다른 사람을 편안하고 기분 좋게 배려하는 데에 있어. 사람들과의 관계를 매끄럽게 만들어 주는 윤활유 같은 거지. 그래서 사람들은 대부분 에티켓에 맞게 행동하려고 하고, 또 남들도 에티켓을 지키기를 바란단다. 그렇지만 혹시나 에티켓대로 행동하지 못해도, 상대방의 감정을 헤아리고 존중한다면 그런 실수는 크게 문제가 되지 않는단다. 중요한 것은 상대방을 존중하고 배려하는 마음이기 때문이지.

'모든 어린이가 알아야 할 스물다섯 가지 예절'의 마지막 다섯 가지를 마저 소개하마.

21. 어른이 부탁하는 일은 불평 없이 웃음을 띠고 한다.
22. 다른 사람이 나를 도와주면 반드시 고맙다고 말한다.

23. 밥 먹을 때 밥상머리 예절을 잘 지킨다. 바른 예절을 잘 모르면 부모에게 물어서 배운다.

24. 서양식 식탁 예절에서는 밥 먹는 동안 냅킨을 무릎 위에 펼쳐 둔다. 필요할 때 입을 닦는 데에 쓴다.

25. 식탁에서 반찬 그릇이나 양념 단지가 멀리 있을 때, 팔을 길게 뻗어 집으려고 하지 말고, 다른 사람에게 건네 달라고 부탁한다.

교육은 어둠에서 빛으로 나아가는 행위이다.
Education is the movement from darkness to light.

미국의 철학자 앨런 블룸(1930-1992)의 말이다. 인류가 시작된 이래로 수많은 현인이 교육의 중요성을 강조해 왔지. 그중 오래된 격언 몇 개를 소개하마.

지식은 세상에서 가장 귀한 보물이다. 지식은 아무리 많이 쌓아 두어도 누군가가 훔쳐갈 수 있는 것도 아니고, 누군가에게 준다고 해서 없어지는 것도 아니다.
교육은 가장 훌륭한 사람이 가질 수 있는 가장 좋은 것이다.
무지는 악의 근원이다.

교육은 우리에게 지식을 주고, 스스로 배우는 방법을 깨우쳐 주고, 훌륭한 윤리관과 높은 인격을 갖추게 해 준다. 또 우리의 눈을 뜨게 해서 세상을 이해할 수 있게 하고, 우리의 정신을 어둠에서 빛으로 인도한단다.

내 머리가 닿을 수 있는 높이만큼 나는 자랄 수 있고,
내 몸이 갈 수 있는 거리만큼 나는 갈 수 있으며,
내 눈으로 볼 수 있는 깊이만큼 나는 볼 수 있고,
내 마음이 꿈꿀 수 있는 크기만큼 나는 위대해질 수 있다.
Only as high as I reach can I grow,
Only as far as I seek can I go,
Only as deep as I look can I see,
Only as much as I dream can I be.

미국의 작가 카렌 레이븐이 말한 격언이다. 더 높이 목표를 두고, 더 멀리 나아가고, 더 깊이 탐구하고, 더 크게 꿈꾸라고 우리를 격려하는 말이지.

더 높은 곳에 도달하기 위해 노력하는 것은 아주 바람직한 태도란다. 물론 지금 가진 것에 대해 감사할 줄 알아야 하지만, 동시에 더 멀리까지 나아가기를 멈추지는 말아야겠지. 더 멀리 나아가자는 것은 더 원대한 것을 추구하자는 말이란다. 목표하는 것이 없고 추구하는 것이 없다면 우리는 늘 제자리에 머물러 있을 수밖에 없을 거야. 한편, 겉으로 보이는 것보다 더 깊이 들여다보는 법을 배워야 해. 세상을 더 깊이 이해하기 위해서는 눈으로 보는 것뿐 아니라 마음으로 보고 생각할 수 있어야 한단다.

꿈을 크게 꾸고 열심히 노력해서 그 꿈을 이루기 바란다.

지성과 인성을 겸비하는 것이 진정한 교육의 목표이다.
Intelligence plus character—that is the goal of true education.

마틴 루터 킹 목사가 한 말이야. 킹 목사는 인권운동가로서 1964년 노벨평화상을 받았단다. 이 말은 교육의 목적이 비단 지식을 얻기 위한 것만이 아니라 좋은 인성도 함께 기르기 위한 것이라는 뜻이야. 학생들은 학교에서 다양한 것을 배우며 지식을 쌓지. 그런데 지식을 쌓는 데에서 그친다면 교육은 절반만 이루어진 셈이야. 지식을 얻는 것 못지 않게 좋은 인성과 인격을 기르는 것이 중요하기 때문이란다. 지혜, 창의성, 용기, 정직, 인간애, 신중함, 절제, 희망, 유머와 리더십 같은 것들이 훌륭한 인격을 구성하는 중요한 요소야.

지식의 수준은 시험 성적으로 판단할 수 있지만 인격과 인성은 성적을 매길 수가 없다. 그 대신 사람들이 알아보고 평가하지. 학교에서 좋은 성적을 받는 학생이라고 해서 무조건 친구들이 좋아하고 따르지는 않는다는 걸 잘 알 거야. 공부를 잘하는 것도 물론 중요하지만, 좋은 인격을 갖추는 것이 무엇보다 중요하단다. 사람들은 훌륭한 인격과 태도를 가진 사람에게서 호감을 느끼는 법이다.

아름다운 인성과 인격이야말로 사회를 이끌어 나가는 원동력이며, 세상을 더 좋은 곳으로 만들 수 있다.

생각을 조심해라. 생각이 말이 되기 때문이다.
말을 조심해라. 말이 행동이 되기 때문이다.
행동을 조심해라. 행동이 습관이 되기 때문이다.
습관을 조심하라. 습관이 성격이 되기 때문이다.
성격을 조심해라. 성격이 운명이 되기 때문이다.
사람은 생각하는 대로 된다.
내 아버지가 늘 이르던 말씀이다.
Watch your thoughts, for they become words.
Watch your words, for they become actions.
Watch your actions, for they become habits.
Watch your habits, for they become your character.
And watch your character, for it becomes your destiny.
What we think, we become.
My father always said that.

영국의 총리를 지낸 마가렛 대처(1925-2013)가 한 말이다. 이 격언이
뜻하는 것은 우리의 생각, 말, 행동, 습관, 성격, 운명이 모두 서로 밀
접하게 관련되어 있다는 거야. 우리가 평소에 하는 생각, 말, 행동이
시간이 지나면서 습관이 된다는 것을 잊지 마라. 그리고 그
런 습관이 우리의 성격이 되고 인격이 되고
마침내 우리의 운명이 된다는 것을.

성공은 하루아침에 이루는 것이 아니다. 조금씩 차근차근 쌓아 가는 것이다. 오늘 조금, 내일 조금씩 이루어 나가면 마침내 온전한 성공을 이루게 된다. 그렇기에 오늘 할 일을 내일로 미루면 그날 하루의 성공은 잃어버린 것이다.

Success is not obtained overnight. It comes in installments; you get a little bit today, a little bit tomorrow until the whole package is given out. The day you procrastinate, you lose that day's success.

아프리카 가나의 청소년 지도자인 이스라엘모어 에이버가 한 말이야. 내일의 성공을 위해서는 날마다 차근차근 준비해야 한다고 강조하고 있지.

　하룻밤 사이에 원하는 것을 얻을 수는 없는 법이란다. 시험을 앞두고 가만히 놀다가 하루 전날 밤을 새워 벼락치기로 공부해서는 좋은 점수를 얻을 수가 없지. 중요한 목표나 일을 앞두고 있으면, 먼저 계획을 세우고 그 계획대로 꾸준히 조금씩 해 나가야 한다. 날마다 그날 하루에 하기로 한 것만큼만 이루어 나가는 거지. 해야 할 일을 미루지 말고 시간을 허투루 낭비하지 말기 바란다.

놀라운 마법이 있다면 그것은 우리 자신을 믿는 것이다.
자신을 믿을 수 있다면 무엇이든 해낼 수 있다.
Magic is believing in yourself; if you can do that,
you can make anything happen.

이 멋진 격언은 요한 볼프강 폰 괴테가 한 말이다. 근대문학의 최고봉
이자 당대 최고의 지식인이었던 괴테는 시인, 극작가, 소설가, 철학자
로서 명성을 떨쳤을 뿐 아니라 과학자, 정치가로서도 많은 활동을 했
단다.

　　자기 자신을 믿는 것이 성공적인 삶의 첫걸음이란다. 그만큼 자신
감은 소중한 거야. 그런데 자기 자신을 자꾸 남과 비교하면 자신감을
잃기가 쉽지. 자신을 남과 비교하는 버릇은 자신을 믿지 못하는 데에
서 생기는 것이다. 자신감을 갖는 방법은 생각보다 쉽고 간단하단다.
자기 자신이 할 수 있는 것이 무엇이고, 할 수 없는 것이 무엇인지 아
는 데에서 자신감이 생긴단다. 자신의 능력에 맞게 목표를 세우고 준
비를 하면 자신감을 갖지 못할 이유가 없다. 누구나 자기 자신을 믿고
서 열심히 노력하면 반드시 좋은 결과를 얻을 수가 있다.

나를 만드는 것은 환경이 아니다.
나를 만드는 것은 내가 내리는 결정이다.
I am not a product of my circumstances,
I am a product of my decision.

「성공하는 사람들의 7가지 습관」으로 유명한 미국의 기업가 스티븐 코비(1932-2012)의 말이다. 이 격언은 사람은 자신을 둘러싼 환경에서 영향을 받기 마련이지만, 그보다는 스스로의 의지와 결정이 살아가는 데에서 훨씬 더 중요하다는 말이야. 이를테면 선진국에서 좋은 가정에서 태어나 훌륭한 보살핌을 받고 자란 사람은 여러 면에서 남보다 유리할 거야. 그러나 좋은 환경에서 태어나고 자랐다 해도 자기 자신이 노력하지 않거나 중요한 순간에 어리석은 결정을 내리면 불행한 삶에 빠질 수 있겠지. 거꾸로 환경이 좀 불리해도 열심히 노력하면서 현명하게 판단할 수 있는 힘을 키우면 얼마든지 성공적인 행복한 삶을 살 수 있단다.

　너희는 아직은 모든 일에서 자신이 직접 판단하고 결정할 수는 없을 거야. 부모나 선생님의 조언을 들어야 할 때가 있지. 그렇지만 어른이 되어서 현명하게 결정할 줄 아는 사람이 되려면, 지금부터 열심히 듣고, 읽고, 생각하면서 지혜를 키워 나가야 한단다. 너희 삶의 주인은 바로 너희 자신이다.

인내는 성공의 핵심 열쇠다.
Patience is a key element of success.

성공을 축하하는 것은 좋은 일이다.
하지만 실패에서 배우는 것이 더 중요하다.
It's fine to celebrate success,
but it is more important to heed the lessons of failure.

유명한 빌 게이츠(1955-현재)의 말이다. 알다시피 빌 게이츠는 컴퓨터 산업계의 거물이며 세계적인 부호다. 또 자선사업에 적극적으로 참여하는 것으로도 유명하지. 크게 성공한 사람으로 꼽히는 빌 게이츠가 성공의 기본 조건으로 바로 인내심을 꼽았구나. 어려움을 견뎌 내고, 지루한 일도 끝까지 버티면서 해내고, 오랫동안 기다릴 줄 알고, 이런 것이 바로 인내하는 것이란다. 인내라는 게 결코 쉬운 것이 아니라서, 어려서부터 인내하는 습관을 들이는 것이 정말 중요해.

빌 게이츠는 또 실패를 되풀이하지 않으려면 실패가 주는 교훈을 배워야 한다고 강조했어. 마음에 깊이 새겨 둘 가치가 있는 격언들이다.

자기 자신을 어느 누구와도 비교하지 마라.
그것은 자기 자신을 모욕하는 일이다.
Don't compare yourself with anyone in this world.
If you do so, you are insulting yourself.

이 격언 또한 빌 게이츠의 말이다. 그는 이처럼 사람들에게 용기와 영감을 주는 말을 많이 내놓았고 많은 사람이 그의 말을 즐겨 인용하고 있다.

　사람은 누구나 저마다 특별하고 유일무이한 존재다. 저마다 자신만의 개성과 재능과 가치관을 가지고 있지. 저마다 자부심을 가지고서, 저마다 다른 속도로 움직이면서 자신의 길을 찾아가지. 이렇게 남과 다른 개성으로 남과 다른 삶을 산다는 것은 정말 멋진 선물이 아닐 수 없단다. 그러니 우리는 저마다, 다른 사람에게 그러듯이, 자기 자신을 소중히 여기고 존중해야 해. 자기 자신을 다른 사람과 비교하는 어리석은 일은 절대로 하지 마라.

나는 어려서 아주 많은 꿈을 가졌는데, 그 많은 꿈을 키울 수 있었던 것은 독서를 많이 한 덕분이었다.
I really had a lot of dreams when I was a kid, and I think a great deal of that grew out of the fact that I had a chance to read a lot.

이것 역시 빌 게이츠가 한 말이다. 좋은 책은 우리를 지적으로, 정서적으로 성숙하게 할뿐더러 용기와 영감을 준다. 책은 우리의 마음을 자라게 하는 열쇠가 들어 있는 지식의 보물 상자다. 독서를 평생의 취미로 삼아, 늘 좋은 책을 벗하며 살기를 바란다.

소심한 성격 때문에 겪는 감정과 물질의 손해는
다른 모든 단점이 가져올 손해를 합친 것보다도 더 크다.
Your shyness alone will bring you more emotional and material
losses than all of your other negative attributes.

인도의 작가 아미트 칼란트리(1988-현재)가 한 말이다. 성격이 소심하
고 수줍음을 타는 사람은 살면서 때로 큰 손해를 입을 수 있다는 뜻이
다. 수줍고 겁이 나서 미적거리다가 종종 좋은 친구를 사귈 기회나 물
질적인 이득을 얻을 기회를 놓칠 수 있다는 거야. 마음이 있는데도 친
구에게 다가가 손을 내밀지 못하고, 해야 할 말이 있는데도 말을 꺼내
지 못하고, 머리 속에 훌륭한 아이디어가 있는데도 자기 주장을 펼치
지 못하고, 또 수업 시간에 발표도 제대로 하지 못한다면, 그 사람은

소심한 성격 때문에 얼마나 많은 기회를 놓치고 얼마나 큰 손해를 입을지 짐작할 수 있겠지.

소심함은 자신이 다른 사람들에게서 인정을 받지 못하거나 거부를 당할까 봐 두려워하는 마음에서 비롯된단다. 하지만 대부분의 경우 그런 일은 일어나지 않는단다. 알고 보면, 사람들은 대부분 다른 사람들이 먼저 다가와 주는 것을 고마워하고 존중하지. 또 다른 사람이 자기의 생각과 의견을 성의 있게 이야기하면 귀를 기울이기 마련이다. 다른 사람들 앞에서 망신을 당할까 봐 걱정할 필요가 없다. 물론 누구나 때로 실수하고, 당황하거나 바보처럼 보일 때도 있다. 그럴 때 작은 실수를 너무 심각하게 받아들이지 마라.

혼자만의 세상에 갇혀 있지 말고, 친구들과 어울려라. 수줍어하는 친구에게 먼저 다가가서 손을 내밀어 보라. 즐겁고 활기 넘치는 세상이 열릴 것이다. 부디 수줍음이나 소심함에 발목을 잡히는 일이 없기를 바란다.

사람들에게 묻고 도움을 청하는 것을 부끄러워하지 말고 용기를 내라. 잠시 어리석어 보일 수도 있지만, 모르는 것을 아예 묻지 않으면 영원히 바보가 될 것이다.
Be bold and never feel shy to consult people. You may appear like a stupid person for a few minutes if you ask questions; but you are likely to be a fool forever if you don't ask at all.

가나의 청소년 지도자인 이스라엘모어 에이버가 한 말이다. 모르는 것이 있으면 다른 사람에게 물어 보고, 혼자서 해결하기 어려운 문제가 있으면 친구나 선생님과 상의하는 것은 아주 자연스러운 일이다. 이런 경우 대부분 선생님이나 친구들은 기꺼이 조언을 해 준다. 도움을 청한 사람을 놀리거나 우습게 보는 일도 거의 없다. 그런데도 많은 아이들이 자신이 모른다는 것이 창피해서 묻지 않고, 부끄러워서 도움을 청하지 않는다. 그 마음을 할아버지는 충분히 이해할 수는 있다. 하지만 앞에서도 말했듯이 소심함을 떨쳐 내고 그런 감정을 이겨 내야 한다. 묻지 않으면 답을 알 수 없고, 상의하지 않으면 문제를 해결할 수 없으니까 말이다.

자기 자신이 다른 사람 눈에 어떻게 비칠지 걱정하지 마라. 수줍음과 두려움을 이겨 내고 조언을 구해라. 그러면 아는 것이 많아질 것이고 문제가 사라질 것이다.

외국어를 배우면 세상을 바라보는 창을 하나 더 갖게 된다.
To learn a language is to have one more window from which to look at the world.

이 중국 속담은 외국어를 배우는 장점을 이야기하고 있다. 알다시피, 세상에는 수많은 언어가 있다. 얼마나 많으냐고? 정확한 숫자는 모르지만 언어학자들은 1천 개가 훨씬 넘는다고 하는구나. 이 지구에 있는 나라 숫자보다 훨씬 더 많은 언어가 있다니 흥미로운 일이다.

아무튼 우리가 외국어 하나를 알게 되면 "세상을 바라보는 창을 하나 더 갖게 된다"는 이 속담에 할아버지는 전적으로 동의한다. 그 언어를 쓰는 나라와 민족과 문화에 대해서 깊이 알 수 있는 기회가 생기니까 말이야. 그 나라에 직접 여행을 가서 그곳 사람과 자유롭게 이야기를 나눌 수도 있고. 굳이 여행을 가지 않더라도 그 나라에서 만든 책이나 텔레비전 다큐멘터리를 볼 수도 있으니까 말이야.

그렇지만 외국어를 익히는 일이 단숨에 할 수 있는 쉬운 일은 아니지. 이렇게 하면 어떨까? 관심이 많고 좋아하는 나라의 언어부터 먼

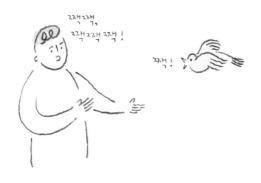

저 배우는 거야. 관심이 큰 만큼 그 나라 말을 배우는 일이 재미있고 신나서 빨리 배울 수도 있겠지?

남아프리카공화국의 넬슨 만델라 대통령은 언젠가 이런 말을 했단다. "만일 당신이 상대방이 알아듣는 언어로 이야기한다면 그는 머리로 이해할 것이다. 만일 당신이 상대방의 모국어로 이야기한다면 그는 마음으로 이해할 것이다."

훌륭한 독서가는 타고나는 것이 아니라 만들어 가는 것이다.
Good readers are made, not born.

얼마 전에 발달심리학자인 수전 엥겔이 쓴 "아이들이 습득해야 하는 일곱 가지 능력과 자질"이라는 제목의 글을 읽었다. 아이들이 학교에 다니는 동안 배우고 닦아야 하는 능력과 자질을 크게 일곱 가지로 나누어 읽기, 탐구심, 유연한 사고, 대화, 협동, 몰입, 행복한 삶이라고 했더구나. 그 글을 읽으면서 할아버지는 고개를 끄덕였지. 그래서 그 일곱 가지 자질에 대해 한 가지씩 좀 더 자세히 설명하려고 해. 먼저 '읽기'부터 보자.

아이들은 유치원에서 글자를 배우기 시작한다. 그리고 대부분 초등학교에 들어가면 글을 읽을 수 있게 되지. 그런데 읽을 수 있다는 것이 정확히 무슨 뜻일까? 그것은 글을 읽을 수 있을 뿐 아니라 나아가 글을 이해하는 능력이 있다는 것을 말해. 실제로 어떤 사람들은 글을 읽을 수는 있지만 그 의미는 충분히 이해하지 못할 수도 있지. 읽기 능력이 정말 뛰어난 사람은 얼마 되지 않는단다. 책은 지식의 보물창고야. 읽기를 잘한다면 책에서 무한한 지식을 얻을 수 있어. 읽기 능력이 뛰어난 사람과 그렇지 못한 사람은 방금 읽은 내용을 이해하고 생각하는 능력에서 큰 차이를 보인다는 연구 결과도 있어.

읽기 능력은 선천적으로 갖고 태어나는 것이 아니야. 어릴 때부터 훈련하고 길러야 하는 것이란다. 다시 말해, 훌륭한 독서가는 타고나는 것이 아니라 만들어 나가는 것이란 말이지. 책을 읽을 때 내용에 주의를 기울이고 한 단어 한 단어 뜻을 새겨 가면서 찬찬히 읽는 습관을 길러야 해.

훌륭한 독서가가 되기를 바란다.

의문은 진실을 찾으려 하고 탐구심은 그 길을 안내한다.
Doubt is the incentive to truth and inquiry leads the way.

미국의 신학자 호세아 벌루(1771-1852)가 한 말이다. 이 격언은 진실을 알기 위해서는 의문이 나는 것이 있으면 질문을 하고 탐구를 해야 한다고 말한다. 앞 글에 이어서 수전 엥겔이 이야기한 "아이들이 습득해야 하는 일곱 가지 능력과 자질" 가운데 '탐구심'에 대해서 생각해 보자.

사람은 누구나 아무것도 모르는 순진하고 순수한 상태로 세상에 태어난다. 그리고 자라면서 자연스럽게 눈에 보이고 만지고 냄새 맡고 듣고 하는 것들에 대해 알고 싶어 하는 욕구가 생긴다. 그래서 호기심을 채우기 위해 질문을 하고 더 깊이 파고들게 되지. 질문을 하고 답을 찾는 탐구심은 사고력을 발달시키기 위해 반드시 필요해. 학생이라면 배우기 위해 질문을 하고, 진리를 찾아서 열심히 탐구해야 한다. 탐구하는 과정에서 새로운 아이디어가 생기고 생각하는 힘이 발전하고 또 사고방식이 넓어질 수 있다.

학교에 다니는 동안 훌륭한 탐구심을 기르기 바란다.

인간의 본성은 돌이 아니라 물과 같다.

Human nature is water, not stone.

- 마티 루빈(1930-1994): 미국의 작가

물보다 더 부드럽고 유연한 것은 없다. 어떤 것도
물에 저항할 수 없다.

Nothing is softer or more flexible than water,
yet nothing can resist it.

- 노자(기원전 604-531): 고대 중국의 사상가

여기에서는 "아이들이 습득해야 하는 일곱 가지 능력과 자질"에서 세 번째로 나오는 '유연한 사고'에 대해서 이야기해 보마.

위의 격언을 잘 들여다보면, 인간은 본성이 유연하다는 걸 알 수 있지. 또 인간은 살아남고 성공하기 위해서는 유연한 정신을 가져야 한다는 것도 알 수 있단다. 유연하다는 것은 부드럽고 고집스럽지 않다는 말이야. 놀랍게도 유연한 마음이 고집스럽고 완고한 마음을 이긴단다. 거의 늘 그렇단다.

물은 높은 곳에서 낮은 곳으로 흐르지. 물은 자신이 흐르는 길에 장애물이 있어도 그것을 에둘러서 계속 흐른단다. 그래서 물의 흐름을 막기란 퍽 힘들단다. 그리고 물은 어떤 형태로도 쉽게 바뀔 수도 있지. 이를테면 물을 둥근 그릇에 담으면 물은 그릇의 모양을 따라 원 같은 모양을 띠지. 또 물을 네모난 그릇에 담으면 물은 또 그 그릇의 모양대로 담기지. 이처럼 물은 다양한 모양을 띨 수 있지만 그 본질은 결코 변하지 않는단다.

그렇다면 물처럼 유연한 정신이 갖는 이점에는 무엇이 있을까? 어떤 작가는 이렇게 말했단다.

폭풍을 떠올려 보라. 강한 바람이 거세게 불면 곧고 강한 나무는 그 힘에 못 이겨 부러지지만, 부드럽고 유연한 나무는 바람에 따라 구부러졌다가 바람이 잦아들면 다시 몸을 일으킨다. 자, 이제 이 이미지를 사람한테 적용해 보자. 편협하고 자기 주장만 내세우고 황소고집인 사람들은 삶을 유연하게 받아들이는 사람들보다 스트레스를 많이 받기 때문에 자기중심을 잃기가 더 쉽다. 이들의 차이는 힘든 상황에서 몸을 숙이느냐 부러지느냐의 차이다.

너희가 학교에서 배우는 동안 자기만의 원칙과 도덕적 가치들을 버리지 않으면서도 다른 의견, 다른 문화, 다른 사람들을 만날 때면 유연해질 수 있는 힘과 자세를 기르기를 바란다. 부디 물처럼 유연하게 살아가거라.

내가 생각하는 좋은 친구란, 명민하고 박식하면서 대화가
풍부한 사람이다.
My idea of good company is the company of clever, well
informed people who have a great deal of conversation.
- 제인 오스틴(1775-1817): 영국의 소설가

대화의 기술은 말을 잘하는 것만큼이나 잘 듣는 기술이다.
The art of conversation is the art of hearing as well as of being
heard.
- 윌리엄 헤이즐라이트(1778-1830): 영국 작가

대화는 대담이지 독백이 아니다.
A conversation is a dialogue, not a monologue.
- 트루먼 카포티(1924-1984): 미국의 작가이자 연기자

"아이들이 습득해야 하는 일곱 가지 능력과 자질" 가운데 이번에는
'대화'에 대해서 말할 차례다. 위에서 말한 경구들은 모두 대화가 어떤
것인지 그 속성을 잘 드러내 보이지. 할아버지가 이 경구들을 찾는 동
안, 건강에 대한 잡지를 내고 있는 어떤 출판인이 쓴 기사, "대화의 기
술을 향상시키는 방법들"을 읽었다. 이제부터 그 기사의 내용을 간추
려서 들려주마. 너희가 대화의 기술을 기르는 데에 큰 도움이 될 거야.

  많은 이익을 가져다준 훌륭한 거래는 대부분 효과적인 대화의 결과물들
  이다. 이런 점에 비추어 훌륭한 대화의 기술이 얼마나 중요한지 분명히
  알 수 있다. 대화의 기술은 직장 생활과 개인의 삶에서 좋은 관계들을 맺
  게 해 준다. 다른 사람들에게 호감을 줄뿐더러 표현력이 뛰어난 사람이

라는 인식을 심어 주는, 참으로 소중한 자원이다.

대화의 기술을 아주 크게 향상시키는 데 도움이 될 몇 가지 조언을 아래에 소개한다.

목소리 크기에 주의를 기울여라

목소리가 너무 크거나 작은 것은 자존감이 낮기 때문이다. 당신의 메시지를 가장 효과적으로 전달하고 싶다면, 목소리 크기를 조절하라. 너무 크거나 작은 목소리 대신에, 듣기 좋은 적당한 소리로 말해야 한다. 작은 소리로 말하면 듣는 사람들은 당신의 이야기에 귀 기울이지 않고, 또 너무 큰 소리로 말하면 공연히 남의 주목을 끌고 싶어 하는 사람이란 인상을 준다.

대화 중에 끼어들지 마라

다른 사람의 대화를 방해하는 것은 좋지 않다. 누구나 자기가 이야기할 때 방해받는 것을 좋아하지 않는다. 그러므로 상대방이 이야기를 마칠 때까지 기다렸다가 당신의 이야기를 시작해라.

웃음소리에 주의해라

큰 소리로 웃는 것은 때때로 무례하게 보일뿐더러 다른 사람들의 심사를 건드릴 수도 있다. 너무 큰 소리로 웃지 말고, 친근하고 호의적인 웃음을 띠어라. 또 웃을 때 손으로 얼굴을 가리는 행동은 숨기고 싶은 것이 많은 사람으로 보이게 하니 자제하라.

함부로 예단하지 마라

더러 말을 느리게 하는 사람들도 있다. 말이 느린 사람과 대화를 나눌 때, 그 사람을 대신해서 이야기하는 일이 없도록 해야 한다. 다시 말해, 그 사람이 하던 말을 함부로 자르고 들어가서 자기가 생각한 대로 그 사람의 말을 대신 끝맺지 말라는 것이다. 대화 상대가 말을 마저 마칠 수 있도록 참을성 있게 기다려라.

화제에 집중하라

자기의 세계에 빠져 있는 듯이 대화에 주의를 기울이지 않는 습관을 가진 사람도 있다. 이런 행동은 대화 상대자를 언짢게 만들 수 있다. 화제가 자신의 관심사가 아니더라도 대화 중에 주의를 딴 데 두지 않도록 해야 한다.

경청하라

좋은 대화의 기술을 습득하려면 먼저 올바른 경청의 기술을 갖추어야 한다. 다른 사람의 이야기를 잘 들어야 대화 주제에 관해서 의미 있고 재치 있는 질문을 할 수 있다. 그런 대화 태도는 다른 사람에게 깊은 인상을 남긴다.

속삭이지 마라

여럿이 대화할 때 한두 사람에게만 속삭이는 행동은 매우 무례한 태도다. 다 함께 논의할 만한 좋은 이야기라면 모두와 함께 논의하라. 만일 그럴만한 가치가 없는 이야기라면 속삭이는 대신 그 대화 자리가 끝날 때까지 미루어 두어라.

몸짓과 몸가짐에도 신경을 써라

당신의 몸짓은 당신에 대해 아주 많은 것을 알려 준다. 대화 중에는 항상 상대방과 시선을 맞추도록 하라. 열린 마음으로 성심을 다해 긍정적인 태도로 일관하라. 주먹을 움켜쥐거나 다리를 떠는 행동은 당신의 인품을 떨어뜨린다. 또 입냄새를 풍기지 않는지도 살펴야 한다.

우리가 혼자서 할 수 있는 일은 적지만, 함께할 때 우리는 많은 것을 해낼 수 있다.

Alone we can do so little; together we can do so much.

- 헬렌 켈러(1880-1968): 미국의 작가, 강연자, 정치 운동가

삶은 혼자 사는 것이 아니다. 거대한 협동 과정이다. 갈등의 순간에 우리는 우리를 아끼고 지지해 주는 사람들을 모두 불러들일 필요가 있다.

Life is not a solo act. It's a huge collaboration, and we all need to assemble around us the people who care about us and support us in times of strife.

- 팀 건(1953-현재): 미국의 연기자, 성우, 패션 컨설턴트

협동은 상호간의 이해와 존경에서 비롯된다.

Collaboration begins with mutual understanding and respect.

- 로널드 존 가란 주니어(1961-현재): 나사 우주비행사

이번에는 "아이들이 습득해야 하는 일곱 가지 능력과 자질" 가운데서 '협동'에 대한 이야기를 들려줄 거란다. 사전에서는 이 말의 뜻을, "과제나 공통의 목표를 성취하기 위해 다른 사람들과 함께 일하기"라고 정의하고 있구나.

할아버지가 뽑은 위의 경구들은 주어진 일을 효과적으로 성공적으로 이루기 위해서 남들과의 협동이 얼마나 중요한지 분명히 말하고 있다. 위에서 말하듯, 협동이란 것은 한 그룹의 구성원들 사이에, 이를테면 같은 반 친구들이나 같은 직장의 동료 사이에 서로 이해하고 존경하는 마음에서 시작된단다. 서로 이해하고 존경하는 마음은 공통

의 목표가 있고, 맡은 일에 대한 열정이 있고, 함께하는 사람들을 향한 좋은 마음씨를 지니고 있을 때 비로소 생겨나는 거란다. 사람이 같은 목표를 가지고 모였다 해서 반드시 잘 협동하게 되는 건 아니다. 서로 관계를 맺는 데에는 시간과 노력이 걸리기 때문이지. 그런 점에서 다른 사람들과 협동해 나가는 것을 배우기에 학교처럼 좋은 곳도 없단다. 학교에 다니는 동안 서로 돕는 법을 배우고 다른 친구들과 잘 어울려 지내거라.

집중력이 무엇보다 중요하다. 집중력 없이 사는 것은
눈을 뜨고도 아무것도 보지 못하는 것과 같다.
The power to concentrate was the most important thing.
Living without this power would be like opening one's eyes
without seeing anything.
- 무라카미 하루키(1949-현재): 일본의 소설가

집중과 정신적 강인함은 승리를 보장하는 요소다.
Concentration and mental toughness are the margins of
victory.
- 빌 러셀(1934-현재): 미국 프로 농구 선수

이번에는 "아이들이 습득해야 하는 일곱 가지 능력과 자질" 가운데서
'몰입'에 대해 이야기를 해 볼까 한다. '몰입'이란 말 뜻은 "깊이 파고
들거나 거기에 빠져든 상태"를 말한단다. 어떤 대상에 사로잡혀 그 한
가지에 몰두하는 것이지. 이처럼 몰두하려면 자기 자신의 주의와 기
운을 온통 그 한가지에만 집중해야 한단다.
　무슨 일에서든 성공적인 결과를 얻으려면 몰입하는 능력이 무엇보
다도 중요하다. 집중력이 뛰어난 사람은 같은 시간을 들여 공부해도
남보다 더 많은 것을 습득하고 외울 수 있기 때문이지. 거꾸로 집중력
이 없으면 가르치는 선생님이 아무리 훌륭해도 배우는 것이 적다. 몰
입이나 집중력은 사람마다 조금씩 차이가 있을 수도 있지만, 습관을
들이듯 훈련하면 누구나 집중력을 기를 수가 있다. 집중력은 주의를
기울이려는 의지와 함께 자란단다. 그러니 어려서부터 공부를 하거나
책을 읽거나 무슨 일을 하든 그 한 가지에 몰입하는 습관을 몸에 익히
도록 하거라.

행복한 삶은 단지 생각만으로는 얻을 수 없다.
기분 좋게 살기, 의미 있게 살기, 훌륭한 인간 관계 맺기,
성취하기가 한데 어우러질 때 가능하다.
Well-being cannot exist just in your own head. Well-being
is a combination of feeling good as well as actually having
meaning, good relationships and accomplishment.

미국의 심리학자 마틴 셀리그먼(1942-현재)이 한 말이다. 이 경구를 되새기면서 "아이들이 습득해야 하는 일곱 가지 능력과 자질" 가운데 마지막 항목인 '행복한 삶'에 대해 이야기해 보자꾸나.

말할 것도 없이, 모든 사람이 행복한 삶을 바란다. 그리고 부모나 선생님들은 자기 아이들과 학생들의 행복을 누구보다도 간절히 바란다. 그런데 행복한 삶은 어떤 걸까? 생각해 보면 행복이란 말처럼 막연한 것도 없구나. 다만 분명한 것은, 사람마다 다 행복하기를 바라지만, 사람마다 행복으로 가는 길은 다 다를 수 있다는 거야. 그것은 사람마다 원하는 것이 다르고, 가치관과 재능이 다르기 때문이지. 그러니까 자기 자신의 재능과 취향을 살려서 자신이 하고 싶은 것을 하며 사는 것이 행복한 삶으로 가는 첫 번째 길이 될 거야. 거기에 더해서, 이웃이며 친구들과 많은 것을 함께 나누고, 몸과 마음이 건강하고, 꿈을 성취할 수 있으면 더욱 만족스러운 삶이 되겠지. 이렇게 부족함 없는 삶으로 그친다면 뭔가 좀 허전할 거야. 바로 그래. 우리 삶이 좀 더 의미 있고 가치 있다고 느낄 수 있다면 가슴 뿌듯한 행복을 맛보게 되겠지.

그러나, 가만히 생각해 보면, 행복은 그런 여러 가지 조건이 다 갖추어져야 얻을 수 있는 것은 아닌 것 같구나. 우리가 어떤 상황에 있든,

긍정적인 태도로 나를 돌아보고 주변을 돌아볼 수 있다면, 여유 있고 너그러운 마음을 지닐 수가 있다면, 그것이 바로 행복이 아닐까?

무언가를 이루고 싶다면, 스스로 하라.
If you want a thing done well, do it yourself.

나폴레옹 보나파르트가 말한 격언이다. 이 격언은 우리가 우리 삶의 주인이 되어야 한다는 말이야. 내가 가장 바라는 것이 무엇인지는 바로 나 자신만이 알 수 있지. 그러니 내가 원하는 것을 얻으려면 다른 사람에게 의지할 것이 아니라 나 스스로 노력해야 해. 독립적으로 살고 우리 삶을 스스로 책임지는 주인공이 되어야 한다는 거지. 어떤 현인이 말했듯이, 오직 약한 사람만이 항상 다른 사람을 자기 주변에 두려고 한단다.

자주적인 사람이 되길 바란다. 자기 행동에 대해 생각하고 결정할 수 있게 되기를 바란다.

자신의 다리를 짓고 있다면, 다른 다리들이 불타 버릴까
염려할 필요가 없다.
You don't have to worry about burning bridges
if you're building your own.

미국의 유머 작가이자 출판인인 케리 E. 바그너가 할 말이다. 이 격언
은 다른 사람들에게 기대지 않고 혼자 힘으로 무언가를 잘해 내기 위
해선 기술과 지식, 또 의지와 경험을 갖추어야 함을 뜻한단다. 쉬운
예를 하나 들어 보자면, 만일 우리가 운전을 할 줄 안다면 다른 사람
의 차를 얻어 타거나 운전기사를 고용할 필요가 없지. 요리를 할 줄
안다면 우리를 위해 음식을 해 줄 사람이 없다고 걱정할 필요도 없고
말이다. 또 컴퓨터를 잘 다룰 줄 안다면 무언가 잘못되어도 스스로 해
결할 수 있지. 그리고 스스로 날마다 열심히 공부하면 다른 사람 도움
없이도 좋은 성적을 얻을 수 있을 거야.
　이 격언은 참 단순해 보이지만, 독립심을 북돋아 준다는 점에서 그
의미가 그리 단순하지만은 않구나. 남에게 기대지 않고 자신의 힘으
로 독립적으로 살아갈 수 있는 날을 꿈꾸면서, 열심히 공부하고 생각
하며 힘을 키워 가기를 바란다.

정신 집중이 내 좌우명이다. 정직이 첫째요, 근면함이
둘째요, 그 다음은 바로 집중하기다.
Concentration is my motto—first honesty, then industry,
then concentration.

앤드류 카네기(1835-1919)가 한 말이다. 카네기는 미국의 철강 산업을
크게 일으킨 기업가이자 당대 최고의 자선사업가였다.

　만일 우리가 정직하지 않다면 사람들이 우리를 믿어 주지 않을 거
야. 게다가 더는 존중받지 못해 명예를 잃고 어쩔 줄 모르게 된단다.
언제나 정직해야 한다. 때론 정직하기 위해서 용기가 필요할 때도 있
지. 그리고 근면함도 참으로 중요한 습관이다. 근면하다는 것은 부지
런하고 성실하다는 말이야. 그래서 근면한 사람은 힘차고 어떤 일이
든 열정과 활기를 갖고 잘해 낸단다. 근면함을 습관으로 들이도록 해
라. 정직하고 근면하고 또 정신 집중을 잘한다면 너희가 원하는 것은
무엇이든 이룰 수 있단다. 학교에 다니는 동안은 배우는 일에 정신을
집중해야겠지?

일을 미루는 것은 쉬운 일을 어렵게 만들고,
어려운 일은 더 어렵게 만든다.
Procrastination makes easy things hard, hard things harder.

미국의 격언 작가 메이슨 쿨리(1927-2002)가 남긴 말 가운데 하나다. 메이슨 쿨리는 재치 넘치는 경구로 유명한 사람인데, 위의 경구 역시 그의 숱한 경구 중 하나란다.

숙제가 되었든, 심부름이 되었든, 습관적으로 일을 미루는 사람들이 있다. 그런데 일을 자꾸 뒤로 미루는 버릇은 쉽게 할 수 있는 일도 결국은 어렵게 만들어 버린단다. 방학 숙제를 보기를 들면 쉽게 이해할 수 있을 거야. 방학 숙제를 날마다 그날의 몫만큼 하면 힘들 것도 없고 아무 문제가 없지. 그런데 한 달 내내 방학 숙제를 거들떠보지도 않다가, 개학하기 며칠 전에 부랴부랴 그 많은 숙제를 다 하려고 한다면 어떻겠니? 고생스럽기가 이만저만이 아니겠지.

이렇게 미루는 버릇이 있는 사람은 학교나 약속 시간에 지각하기 일쑤이기도 해. 너희 주변에도 사람을 기다리게 만들고 늦게 나타나는 친구들이 있지? 일을 미루는 버릇은 자기 자신에게도 해롭고 또 주변 사람들도 곤란하게 하거나 화나게 만든다는 것을 잘 알 거야. 무슨 수를 써서라도 일을 미루는 버릇은 피하거라.

시간을 길게 잡고서, 내적인 힘을 길러 나가야 한다.
Long-term, we must begin to build our internal strengths.

미국의 작가 스티븐 프레스필드(1943-현재)의 글에서 따온 말이다. 스티븐 프레스필드는 몇 해 전에 우리나라에도 소개된 적 있는 영화 "300"의 원작 소설을 쓴 사람이란다.

이 경구에서 말하는 '내적인 힘'은 교실에서 배움을 통해 얻을 수 있는 그런 성격의 것이 아니다. 이 힘은 자기 자신의 내면에서부터 비롯되는 개인적인 특성이다. 프레스필드에 따르면, 자립성, 자발성, 자기 강화, 자기 훈련, 극기 들과 같은 것이 바로 내적인 힘을 갖게 하는 필수 자질이란다. 이와 같은 내면의 자질은 하루아침에 이루어지는 것이 아니다. 오랜 시간을 두고 꾸준히 자신을 돌아보며 단련하면서 길러 나가야 한다.

이런 내적인 힘을 바탕에 지니면 우리는 무슨 일을 하든 잘해 낼 수 있고, 남들로부터 인간적으로 인정받는 사람이 될 수 있단다. 언제나 의식적으로 네 안에 있는 좋은 자질들을 기르도록 노력하거라. 그리고 이런 노력은 평생에 걸쳐 이어 가야 한다는 것도 알아두어라.

좋은 성품은 짧은 시간에 만들어지지 않는다.
좋은 성품을 기르려면 날마다 조금씩, 오랜 시간에 걸친
끈기 있는 노력이 필요하다.
Good character is not formed in a week or a month.
It is created little by little, day by day.
Protracted and patient effort is needed to develop good character.

고대 그리스의 사상가 헤라클레이토스(기원전 535-475)가 한 말이다.
사람들은 누구나 성품이 좋고 인격이 훌륭한 사람을 반긴다. 성품과
인격이 훌륭한 사람은 주변 사람에게도 좋은 영향을 끼친다. 그래서
좋은 성품과 인격을 갖추는 일은 중요하단다. 이 앞 글에서 말한 내적
인 힘을 떠받치는 여러 자질처럼, 좋은 성품과 인격도 오랜 시간에 걸
쳐서 형성해 나가는 것이란다.

내일을 위한 최선의 준비는 오늘 최선을 다하는 것이다.
The best preparation for tomorrow is doing your best today.

미국의 작가 H. 잭슨 브라운 주니어(1940-현재)의 말이다. 이 경구는 짧고 단순하지만, 미래를 어떻게 준비하는지에 대한 확실한 가르침을 제시하고 있구나. 알다시피, 내일은 오늘의 연속이다. 우리가 오늘을 쓸모 있고 가치 있게 보낸다면 만족스런 내일을 맞이하게 되지. 오늘을 허투루 보내며 낭비하지 말거라. 오늘을 가장 잘 활용하는 것이 미래를 준비하는 최선의 길이란다.

이웃을 사랑하되, 울타리를 허물어 버리지는 마라.
Love your neighbor, but don't tear down the fence.

이 짧은 격언을 보면, 함께 떠오르는 다른 경구들이 있다. 이 책의 앞부분에서 소개한 "네 이웃을 사랑하라"는 말이 있고, 또 "좋은 울타리가 좋은 이웃을 만든다"는 오래된 속담도 생각나는구나.

"이웃을 사랑하되, 울타리를 허물어 버리지는 마라"는 이 격언은 이웃이나 친구들을 아끼고 사랑하더라도 어떤 지점에선 선을 그어야 한다는 말이란다. 물론 친구와 이웃에게 친절하고 따뜻한 마음씨를 가져야 하지. 이웃이 우리의 사생활을 존중한다면 우리는 이웃과 좋은 관계를 이어 나가기가 쉬울 거야. 그런데 만일 친구나 이웃이 우리의 사생활에 수시로 끼어들고 우리의 생각까지 좌지우지하려 든다면 더는 잘 지낼 수가 없을 거야. 그러니 애초에 이웃을 성심으로 친절하게 대하되, 동시에 그들이 넘어올 수 없는 선에 대해서 분명하게 해둘 필요가 있단다. 마찬가지로, 우리도 친구나 이웃이 지키고 싶어 하는 선을 지켜 주어야 한단다. 이를테면 그 친구의 사생활에 깊이 간섭하려 들거나 아무 때고 불쑥 친구의 집이나 방을 찾아가는 것은 삼가야겠지.

우리는 여러 가지로 축복 받은 존재들이다.
우리가 당연하게 여기는 그 많은 것에 대해 생각해야 한다.
그리고 날마다 그 모든 것에 감사해야 한다.
We are blessed in so many ways;
many things we take for granted but we should stop and
be thankful each and every day.

너희가 가지지 못한 것들이 적지 않을 것이다. 가지고 싶은 마음이 클
수록 가지지 못해서 아쉬워하는 마음도 크겠지. 그렇지만 다시 한 번
돌이켜 생각해 보면, 너희가 가진 것들도 적지 않을 것이다. 늘 있기
때문에 당연하게 여기는 것들…, 그런 것들을 작고 사소한 것까지 하
나하나 떠올려 보려무나. 생각 밖으로 가진 것들이 적지 않음을 깨달
을 수 있을 거야. 그리고 너희가 가진 것들에 대해 고마워하는 시간을
잠시 가져 보려무나.

놀라운 마법이 있다면
그것은 우리 자신을 믿는 것이다.